カレーの時間

咖哩時間

寺地春奈

咖哩

目錄

第一章　和平金牌咖哩〔甜味〕

人為何要擴張自己的勢力範圍呢？

這是盤踞在腦子裡長達半輩子，始終讓我苦惱的一個莫大疑問。

記得十歲的我，在學校圖書館翻閱用漫畫解說日本史的書藉，由於實在搞不懂戰國時代的人們為何老是在爭奪領土，總是讀得不知如何是好。

直到現在還清楚記得——傷痕累累又褪成白色的圖書館桌子、書的邊緣因無數孩子的翻閱而發黑汙損、被窗外流洩進來的夕陽染成美麗顏色的書頁上，印著遭到亂箭刺中胸膛而流血死去的人。

領土什麼的，不就是彼此協商「我是從這裡到這裡」、「那我從那裡到那裡」

分配一下不就得了？我不禁這麼思忖，就是不明白那些「想擴張勢力範圍」之人的心情，只好放棄思考，改想小西的事，思索身邊「想擴張勢力範圍」之人的事。

人如其名，小西是個身形嬌小、機敏的孩子，無論是躲避球還是捉迷藏，都讓人見識到他那惡魔般的強悍。明明教室的座位採抽籤決定，但不知為何，他經常坐我旁邊。

小西的手肘總是越過兩張並排桌子的界線，毫不客氣地侵略我的領域。每次提醒他越界了，小西就會「啊」一聲，趕緊縮回手肘，但不一會兒又故態復萌。

這般心態也許就像戰國武將想擴張領地。這說法可以解釋他的行為，但動機什麼的依舊是個疑問。為什麼想擴張呢？有效活用自己分配到的桌面空間，不是更有建設性嗎？當然，那時的我不曉得「建設性」一詞的意思，只是腦子裡大概就是這麼想。

長大成人後，又遇到不同於小西的心態、各式各樣「想擴張什麼的人」。好比想開拓眼界、希望擴張人脈等，不是加入莫名其妙的「線上讀書會」，就是嚷嚷著自己「學到了什麼」、「意識到了什麼」。

我一點也不想擴張什麼，即便狹窄，也只打算力保自己的世界愉快舒適。不想冒險航行七大海洋，追求那不曉得在哪兒、不清楚是否存在的寶物；不想殲滅什麼惡鬼；也沒想過要拯救、改變世界；當然更不想轉生異世界。

我不曾在自己的課桌上塗鴉。班上有那種用雕刻刀在桌上挖洞的傢伙，甚至還將橡皮擦屑塞進洞裡，真是令人不齒。除了不得毀損公物這理由之外，我就是無法忍受破壞、弄髒自己的領域這種行為。

我一直很珍惜、小心翼翼地守護著自己的人生，竭盡所能地活用被賦予的東西，感受小小的幸福而活著。無論是過往還是現在，這就是我最大的願望，但沒寫在畢業紀念冊、七夕詩箋上就是了。

★　★　★

我知道從額頭淌落的汗水濡濕了眉毛，汗水暫且停了下來，又似乎承受不了自身重量似地沿著皮膚滑落，就這樣通過眼睛和鼻子，弄濕了鼻子下方。我用手指拭去汗水，泥土的氣味鑽入鼻孔弄得鼻子發癢。

挖掘橋下廢棄物山的我，究竟挖了多久呢？僅找到一枚鋁盤，而今早也用它盛滿了飯，雖然是混著麥子和其他東西，卻也算是飯吧？

廢棄物堆原本是一間小屋，住在裡頭的男人白天被警察帶走了。這枚鋁盤可能是從倉促打包的行李中掉落，但我希望是男人刻意留下來的，刻意留給我的。

我不曉得男人的名字，不知來自何方的他，約莫兩週前出現在這裡。戰時，從東京一帶疏散過來的人們當中，有些人就這樣成了流浪漢，也有四處流浪、輾轉來到這裡的逃兵。

總之，有人不高興地癟嘴說：「反正再怎麼樣也不是道地的佐賀人啊！」不過，這句話並非對方說給我聽，而是我偷聽來的。在那個家，沒人會搭理我，因為我是個才十歲的小鬼頭，也是大家眼中的異類、麻煩鬼。

住在橋下的男人，總是穿著髒汙的襯衫與褲子，原本可能是白色的襯衫染著有如野狗狗毛的顏色，他戴著一副鉸鏈部分歪掉的眼鏡，鬍鬚蓬亂到看不清楚容貌。男人生活在一間簡陋的小屋裡，是用不曉得從哪裡蒐集來、沾滿煤灰的木材搭建而成，並蓋上車篷權充屋頂。

小村落裡不論發生什麼事，一下子就會被傳開，所以大家都很怕自己成為別人茶餘飯後的閒聊話題。大人們都對男人敬而遠之，只有我想伺機接近他。自從我站在橋前方的堤防上，看到男人升火烤食看起來很像麵包的東西，便一直、一直想找機會跟他接觸。

戰爭結束，許多大人說日本吃了敗仗。前年的八月十五日，我們在校園集合，聆聽天皇的廣播；雖說聲音模糊不清，但老實說，也聽不懂在說些什麼。就在我東張西望，心想大家都聽得懂嗎？冷不防被老師攫住脖子，賞了一記耳光，呵叱我不要東張西望。不過，發現我這麼做的他，肯定也在四周張望吧？

「現在的日本發生了什麼事？」、「今後又會變得如何？」我對大人說的話絲毫不敢興趣。今天有東西可吃嗎？明天不會餓肚子吧？我只在乎這件事。為什麼呢？因為這可是攸關生死的大問題。住在那個家的傢伙們總是嫌我是個吃閒飯的人，說我傲慢無禮，隨便找個理由就不給我飯吃。

由於無時無刻都飢餓難耐，已想不起來肚子不餓時是什麼樣的感覺？發現自己長這麼大，從來沒嘗過吃飽的滋味。

我打算偷竊。男人有個似乎塞滿食物的布包，家裡的大人們說：「肯定是偷來的。」躺在被窩中的我睜眼到天明，然後偷偷溜出去，前往橋下。雖然偷竊是壞事，但偷走壞人的東西應該沒關係吧？想說得趁男人睡著時下手才行，無奈天色還十分昏暗。

簡陋小屋裡，裹著一塊破布的男人一動也不動。我心想：要是死掉了的話，也很討厭。畢竟偷的是死人的東西，總覺得良心不安。連一口氣都不敢喘的我，尋找放在枕邊的布包。

「你幹麼？」

男人突然出聲，嚇了我一大跳。

這句「你幹麼」的陌生腔調，讓我想起有人說：「那傢伙來自東京一帶」。

他挺起上半身，看向我。

「沒錢哦？」

男人說這句話的聲音，聽起來莫名有趣。

「才，才不是為了錢。」我的下巴喀喀發顫，結結巴巴地反駁。

「那到底想幹麼？」男人徐徐逼近，那藏在鬍鬚下方的雙頰凹陷，他冷不防抓住我的手腕，憐憫似地說：「手腕細得跟枯枝沒兩樣。」

只見男子背對我，開始尋找布包。其實大可趁隙逃走，我卻沒這麼做，而且沒這麼做是對的，反正我早就嚇傻了。

過了一會兒，轉過身來的男人拿著有牛隻圖案的罐子。

「肚子餓了吧？」

被這麼問的我下意識地搖頭。

不知為何自己有此反應，反正從以前就是這樣，每當別人問我：「爸媽不在，一個人很寂寞吧？」就很想推倒對方；只要被說「可憐」時，會莫名想打爆對方的頭；面對別人伸出來的手，也只想甩開。

男人用鋁製器皿盛了飯，再添上罐頭裡的東西，然後將盤子推到我面前，一股腥臭油味掠過鼻尖。男人瞧見我又搖頭，便用指尖抓起看起來硬硬的飯，塞進自己的嘴裡。

「快吃吧！」

我戰戰兢兢地接過盤子，隨即忘情猛吃，一把抓起添上口感軟嫩罐頭肉的飯，塞入口中，咀嚼、吞嚥。盤子一空，男人又幫我添滿。

肉的鹹辣味與鮮味在口中擴散，唾液也分泌得更多，覺得就這麼吞下肚好可惜。明明舌頭與嘴唇渴望一直品嚐這味道，但吵著要這東西的肚子卻騷動不已，只好趕緊吞下去。**再多都吃得下。**

「已經沒了。」

當添到第三盤時，垂著八字眉的男人說完這句話，便腳步踉蹌地走到小屋外，我也緊跟在後。

「你是這一帶的孩子嗎？」

「嗯。」我伸手指向村落，說：「那裡。」

「我看過。」

男人說，看過背山而建的那戶民宅，還羨慕地低喃道：「好大的家喔！」

那戶掛著〈小山田〉氣派門牌的大宅不是我的家，儘管我也姓小山田，卻不是我出生的家。我睡在大宅玄關旁、連睡覺也無法盡情伸腳的小房間，只有那裡是我的安身立命之處。

六歲時，母親自殺身亡，吊死在寢室的拉門框上。

她生下我之後就一直被病魔纏身，長期久臥病榻，從沒見她離開過被褥。成為麻煩人物的她，心裡自然也十分不好受。大人們的閒言閒語，更是讓我深信，生病會使意志消沉。

不知如何養育孩子的父親，把我塞給別人照顧，於是我不是寄宿在他朋友家，就是託付給遠房親戚。

這次待的是第五戶人家。寄宿在這裡的不只我，還有不少人也是苦命人。能夠下田工作、做針線活的大人會被好好對待，而我就沒這麼好命了，甚至被嫌棄「一點也不討人喜歡」。反正我也不在乎這種事，並不奢望被疼愛。

「日本現在各地都在鬧飢荒，嚴重缺糧，大家都在忍耐，你這小子也得忍耐！」如此訓斥的大人，輕敲了我一記頭。然而，我卻覺得自己和大家不一樣，應該說每個人都不一樣，但怎麼個不一樣法，我也不知道。

男人仰躺在草地上，發出一聲「啊──」，我也戰戰兢兢地落坐他身旁。冷冷的朝露濡濕了臀部，腹部深處卻燃燒似的好溫暖，這般涼意反倒讓人覺得好舒服。

「好像被吸進去。」男人喃喃道，朝天空伸手。

「阿科比。」

男人聞言，一臉疑惑地看向怯怯這麼說的我。

阿科比的盛產期即將到來。去年我在山裡採摘阿科比時，巧遇高年級生，結果被痛毆了一頓。那個醜陋的傢伙滿臉通紅地對著我猛吠，要是膽敢再入山就要拿釘子刺我，不過我可沒被他的這番話唬住。

「我去摘阿科比。」

想說當作他請我吃飯的謝禮。

「不用啦！」男人用力搖著頭，說道：「等你長大後，要是在哪裡遇見餓肚子的孩子，就給他們東西吃。」

「一定會讓他們吃得飽飽的，我保證！」

男人直盯著我。身穿髒汙襯衫，留著貌似會迸出許多蝨子的糾結長髮的他，只有眼睛格外清澄美麗。

「……就這麼說定了。」

後來我去了學校，放學後，又立刻跑來橋下，卻瞧見簡陋小屋毀損，不見男人蹤影。我怔怔地站著，驀然頭頂上傳來聲音，有人站在橋上俯視我。

「那個男人被警察帶走了，是他自己叫警察來的。」

因為逆光的關係，看不清楚似乎笑著說這番話的臉。

「義景，不准說那種丟死人的話！」

什麼丟死人的話啊！完全聽不懂。男人請我吃飯，還說不必道謝，我和他約定日後會請一樣餓肚子的孩子吃飯。這樣哪裡丟人呀？我不懂！像這樣輕蔑、嘲笑別人不是更丟臉嗎？

我挖著如小山般的廢棄物，期待是否有遺留下來的罐頭，可惜怎麼挖都沒發現。心想：大概無望了！但愣怔地站著就會不由得流起淚來。男人不能哭，無論發生什麼事都不能哭！我撿起曾經是小屋裡的東西放到一旁，因為只要動動身體就能止住淚水。應該不可能再見到他了。

「要是在哪裡遇見餓肚子的孩子，就給他們東西吃，就這麼說定了。」

汗水不斷從額頭淌落，抱著髒汙鋁盤的我不由得緊閉雙眼。

☆　☆　☆

我之所以向朋友佩利訴苦：「彷彿做了一場惡夢。」是因為在我二十五歲生日，發生了一件事。

那天，誠子阿姨與美海子阿姨各自帶她們的獨生女，也就是我的表姊妹，比預定時間提早三十分鐘到訪。比我年長五歲的姊姊梓希一邊開門，一邊埋怨了幾句：「來得可真早啊！」、「我連眉毛都還沒畫呢！」。

後來我才知道，美其名是幫我辦慶生會，其實阿姨們來訪是為了和妹妹，就是我的母親，共同商量外公的事。

去年大家一起在餐廳用餐時，正值疫情逐漸緊繃，研擬全國進入緊急事態的微妙時期；現在則是齊聚位於大阪市邊陲地區，我和母親居住的地方。一下子塞了七個人的客廳顯得相當偪促，還真是傷腦筋。

家母是三姊妹的老么，名叫俊子，總是絮絮叨叨的她，算是體型較為健壯的女性，由於腳步聲又大又吵，所以父親給她起了個綽號「吵子」，當然是私底下偷偷叫。誠子阿姨是長女，她的女兒叫做美久瑠；排行老二的美海子阿姨，有個名叫七海的女兒。

三姊妹從小感情可是出了名的好，三人在一起時的吵鬧程度，堪比三十個大人聚在一起。長大後分別任職於稅務機關、服飾店、美容院。三人各生了一個女兒，不過生產順序可沒有長幼之分，而是按照么女、次女、長女的順序喜獲掌上明珠，而且三個人的女兒彼此只相差一歲，亦即連續三年都有人懷孕當媽。

她們自己都很驚訝姊妹三人居然都生女兒，相當開心，也更加姊妹情深。只要誰的孩子生病發燒，其他兩位就會趕來幫忙照料。每逢生日、七五三之類的日子，大夥就會聚在一起盛大慶祝。

就在如此和樂融融之際，我來到了這世上，周遭卻沒有一絲期待不已的氣氛。「哎呀、是男的嗎？」、「哇，有這東西（男生的性器官）吔！」似乎只有困惑的氣息迎接我。幸運的是，我當然完全不記得有這回事。

雖說如此，聽誠子阿姨說，大家還是左一句可愛，右一句可愛地誇讚。

不曉得是稟性認真，還是身為長女的關係，誠子阿姨算是三姊妹中最為穩重的。她襯衫扣子總是扣到最上面一顆，口頭禪是「總之」，還能將妹妹們衝動又毫無重點的話語，簡潔地統整成「總之，妳受到打擊了。」或是「總之，這就是社會問題啊！」

「她們可是搶著要抱桐矢呢！」

我記得是前年的正月時，聽到這番話。那時梓希她們在客廳另一頭玩遊戲、喧鬧不已，大人則是從白天就開始黃湯下肚。

「我喝不下了。」趴在絨毯上的美海子阿姨翻了個身，嚷嚷道。

她那身像是食蟲植物印花圖案的連身洋裝，既華麗又詭異。

「妳變胖囉！」

啣著起司鱈魚條的家母，用力拍了一下她的屁股。

「意思是，我們家有男孩子很稀奇，是吧？」我插嘴。

「總之，就是這麼回事。」誠子阿姨乾脆地回答。

豆皮壽司、瑪格麗特披薩、千枚漬、水餃、草莓，還有水煮蘆筍等料理，陸續擺在慶生會的餐桌上。雖然整桌全是我喜愛吃的食物，卻是個讓人不想一次嘗遍的組合。

然而，我要是這麼說的話，母親肯定會不高興地撂狠話：「有意見的人就不要吃啊！」畢竟是特地為我準備的大餐，我只能默默地拿起筷子。

被一群喧鬧女人包圍用餐的光景，喚醒我幼年的某段記憶——小西他們瞧見我像個小跟班似地尾隨姊姊梓希和兩位表姊，隔天「這種不堪的模樣」馬上就在學校傳開來了。

誠子阿姨幾年前離婚，美海子阿姨本來就沒結婚，三姊妹中只有家母有配偶，而這位配偶，就是家父，從幾年前就單身赴任，調職日本各地，根本很少回家。因此即便我長大成人，萬紅叢中一點綠的情況依舊不變。

我很少提及父親，因為缺乏關於他的個人情資。我們偶爾會照面，卻幾乎沒怎麼交談，並非感情不睦，而是他十分沉默寡言。

「你和你爸簡直一個樣。」我經常被母親這麼說：「尤其是，靜靜生活在小心翼翼砌出來的紅磚牆屋子裡，這一點特別像。」我當然明白這絕非讚美之詞。

用完餐之後，蛋糕被端了出來。

「蠟燭呢？放在哪裡？」梓希大聲嚷嚷。

「唉唷，不用啦！」

就在我笑著回應時，門鈴乍然響起——

「桐矢，去看看是誰。」

「喔，嗯！」

只見對講機的小小螢幕上，占滿了鼻子的影像。

好近！不曉得是誰，臉也湊太近了。

「誰呀？快遞？」

「這個嘛……只看到鼻子吔！」

我按下通話鈕，傳來急促的喘息聲，就在我心想該不會是變態時，鼻子往後退了幾步，總算得以看清全貌。

「啊！」我不由得從喉嚨迸出驚嚇聲。

「桐矢、桐矢！給我出來！」

聲音的主人並沒有生氣，而是他平常講話就像在怒吼。

「哇！是義景，小山田義景來了。」

梓希拿著不知在廚房哪裡找到的紅蠟燭，蹙著眉說道。

「真是的，不准直呼外公的名字！」

被母親叨念的梓希不悅地冷哼一聲。

「爸！」站在我身後的誠子阿姨瞅了一眼對講機的螢幕，大叫一聲。

她趕緊按下開門鈕，自動門一開啟，外公嚇得往後退。

「爸，這是自動門，我幫你開的啦！」

「我知道啦！」

「你知道怎麼搭電梯嗎？」

「別當我是笨蛋！」

待對講機的螢幕畫面變暗，我轉頭看向正在切蛋糕的母親。

「媽，你幹麼叫外公來啦！」

「我沒叫他來啊！我知道你和美海姊都不喜歡他。」

「可是他來了。」

「咦？他幹麼來呀？該不會是嗅到蛋糕的味道吧？哈哈哈——」

母親的笑聲聽起來相當敷衍。

「真是的！超無言……」美海子阿姨搖著一頭金髮，說道。

三姊妹中，美海子阿姨和外公最處不來，聽說從以前就是這樣。

只見誠子阿姨擔憂似地不停用右手揉著左手，我也感覺到自己的脈搏彷彿隨著心情的變化愈來愈快。

這幾年，我刻意閃避外公，倒也不是因為發生什麼不愉快的事，只因為他是最讓我深感棘手的類型。

長大成人的好處，就是可以選擇往來對象，即便是親人也一樣。

總是扯著大嗓門、舉止粗魯、三句不離口頭禪，外公具備了我最難以接受的一切要素。在我生日這天突然登門到訪，沒有比這更令人傷腦筋的驚喜了。

外公一進屋，瞧見自己的女兒和孫兒齊聚一堂，似乎很驚訝地瞠著他那有點凹陷的雙眼。

「這、這，這到底是怎麼回事呀?!」

刻意將口罩拉至下巴的外公，如此大喊，似乎頗為激動。

實在搞不懂他在說什麼，但看他那模樣，八成是想說：桐矢今天二十五歲，是個成熟男人了。想說來和他喝一杯，沒想到妳們這群沒心沒肺的女人，居然瞞著我偷偷慶生。

外公惱火的程度，有如睡美人中那個沒被邀請參加慶生宴的第十三個女巫。

「爸，你別激動啦！」誠子阿姨拚命安撫。

「他根本就不記得桐矢的生日！」美海子阿姨不屑地說：「明明我們小時候過生日，從沒聽他說過一句：『生日快樂！』」

氣氛變得好尷尬，所有人全看向我。必須設法打圓場。如此思忖的同時，卻又覺得自己為何要做這種事？對啊！為什麼是我？

「喂！桐矢。」

造成氣氛緊繃的當事人，倒是一派無事樣，得意洋洋地拿起一瓶燒酒。儘管我無奈地表明自己不喝酒，他老人家根本沒聽進去。

「還有這個。」

他說著，用力打開紙袋。說用力實在太美化了，根本是蠻力扯破，從破掉的紙袋掉出了一盒咖哩調理包。

「你喜歡這東西吧！」

紙袋裡頭全是咖哩調理包，大概有十盒。甜味的〈和平金牌咖哩〉，這一盒的旁邊是甜味，再旁邊也是甜味，無一例外。

「為什麼……」

為什麼全是甜味咖哩？我無奈地姑且收下。

我求救似地看向母親，只見手肘撐在餐桌上的她，邊露出好似在說「也只能收下囉」的表情，邊吃著蛋糕。

「爸，坐吧！」

「送完禮，可以回去了。」母親與美海子阿姨同時出聲。

美海子阿姨不悅地別過臉，母親則是拉開一旁的椅子。

「哼！」外公鼻哼一聲，一屁股坐下。

我偷瞄沉默地並肩坐在沙發上的梓希和兩位表姊。

「哎呀！我們正好要討論那件事呢！是吧？美海、小俊。」誠子阿姨說著，看向自己的妹妹們。「爸也八十三歲了。」

「那又怎樣？」

外公逕自將燒酒注入桌上不知是誰用過的杯子，開始喝了起來。

「前陣子不是還叫了救護車嗎？」

誠子阿姨說著，將外公倒的那杯燒酒挪遠一點。

外公家離我們住的大阪市並不遠，搭私鐵只要三十分鐘就能到。那一帶是有如迷宮般的住宅區，我小時候經常迷路。

送醫這件事，是誠子阿姨聽外公家附近的鄰居陳述的。

「前陣子偶然經過那裡時，生田太太告訴我的。」

聽到這番話的外公瞬間蹙眉。

「那個喜歡聊八卦的老太婆嗎?!」

「明明自己是個老頭，還叫人家老太婆。」

坐在沙發上的七海不屑地慍懟道。

聽說，出門買東西的外公回家後，累得躺在玄關休息，住在外公家後面的生田太太剛好拿傳閱用的聯絡板過來。其實外公只是想歇息一下而已，生田太太卻誤以為他昏倒了，趕緊打電話叫救護車，就是這麼回事。

外公在說明情形時，至少脫口而出超過十次「老太婆」，我聽到胃有點痙攣。

「身體還好嗎？現在還會哪裡不舒服嗎？」

「我都帶著藥，安啦！」

外公的脖子上掛著像是藥盒的東西，雖然掛繩有些破爛，小藥盒卻是銀色的簡潔設計，看起來還不錯。

三姊妹討論過好幾次，是否要讓外公繼續獨居這件事。外公的心臟本來就不好，曾動過幾次手術。外公和外婆在母親她們很小的時候就離婚了，所以我從未見過外婆。

五年前，在外公動了不知是第幾次的手術之後，母親向外公提議：「你不能再一個人住，實在太危險了！要不住我家？」沒想到外公一句：「那種鴿子籠住得下嗎？」惹惱背負三十五年房貸、買下這間3LDK大樓房子的母親。而後，她一邊大口嚼著烤番薯，一邊猛發牢騷：「那時，想說這糟老頭去死吧！」

「去住老人之家不就得了？」美海子阿姨聳了聳肩，建議道。

外公猛然用力拍了一下桌子。

「我絕對不會離開那個家！我要在那裡生活，死在那裡！」

「不要遇到什麼事就拍桌子啦！讓人超不爽的！」

美海子阿姨好像真的很討厭外公。

我想起不知何時聽人說過，只有膽小的男人才會硬要誇示自己很強。

「誠子姊，妳要是那麼擔心的話，乾脆搬去那個家一起住吧？」

聽到這番話的誠子阿姨沉默不語。

「可是我家有養貓……」她的女兒美久瑠戰戰兢兢地補充道。

誠子阿姨在女兒搬出去之後，便開始養貓。

「貓？不行、不行！妳是想殺了我嗎？」

外公拚命搖手，原來他對貓過敏。

「啊！我家現在也不行。」

母親一插話，誠子阿姨一副「我知道了」似地舉起一隻手。以往早就有所覺悟打算和外公同住的母親，最近卻改變了念頭。

「我才不需要妳們照顧！」外公氣得大吼：「居然要低聲下氣地求女兒幫忙，有比這更難堪的事嗎？」

空氣凍結就是這麼回事吧！身體感受得到，這不是比喻，確實能察覺溫度出現變化，讓人忍不住想搓揉自己的手。

「妳們這些女人因為還有月經，所以心情起伏不定，很容易暴衝。我已經受夠和女人一起生活了。」

可能是因為外公把「月經」一詞說得很避諱似的，除了我以外，現場所有人都臉色驟變。

「……說得一副好像只有自己不會暴衝，真是夠了！」美海子阿姨嗤之以鼻。

「那怎麼辦？」拚命忍住內心焦慮、口氣力持鎮定的誠子阿姨，問道。

「其實啊……」外公瞅了我一眼，整個人攤靠在椅背上。「我今天來，就是要說這件事哩！」

我有一種非常不好的預感，而且這種預感通常都會成真。

「咦？是喔？」誠子阿姨不由得將上身往前傾。

「是啊！想說我和桐矢一起住的話，也不錯。」

「蛤？」母親與美海子阿姨不約而同地看向我，驚呼一聲，隨即互瞅彼此，異口同聲地發出「喔——！」聽不出來是贊成還是反對的曖昧回應。

「你到底要沮喪到什麼時候啦？看著很煩吔！」

這番話從家裡走路八分鐘可到的〈國王漢堡店〉，一路上已經聽梓希講了不下二十次。正想要出聲反駁的時候，瞧見自己駝背的身影，映照在馬路旁的洗衣店玻璃窗上。

早上十點多的週日，淡淡陽光反射在街上各處，一陣風吹拂，我不由得閉上眼。不知從哪兒飛來的櫻花花瓣，落在球鞋的鞋尖上，原本要彎腰伸手拂掉，想想還是作罷。今年一定也沒機會賞花。這麼想就覺得可惜，明明也沒那麼喜歡櫻花。

十幾分鐘前，我還深陷昨天那場「有如惡夢般」的慶生會衝擊，吃著稍微遲了一點的早餐時，兩位表姊和老姊十萬火急地跑來。「跟我們出去一下！」三人硬是把我拉出門，一頭霧水的我就這樣尾隨她們到現在。

洗衣店的隔壁是和菓子店，再前方是一整排拉下鐵捲門的店舖。走在前面的她們七嘴八舌地說：「那裡新開了一間咖啡店。」、「這間是我常去的眼科。」完完全全忽視我的存在。

「我懂你的心情，但也不能一直鬱卒啊！」

梓希抬高下巴，雙手扠腰，有如宣告執行死刑的女王。這樣的她一年到頭總是穿著讓人狐疑「到底在哪裡買的？」奇怪T恤，不是從貓的眼瞳射出光束的圖案，就是寫著：〈酷傢伙COOL GUY〉。

「我沒鬱卒啊！」

悄聲反駁的我，盯著梓希的T恤，胸前有個不知是什麼東西的標記，想說低調得不像她的風格，結果仔細一瞧，不是圓形標記，而是寫實的眼珠圖案。這到底是在哪條街、哪間店賣的東西啊？

「我們現在就是要幫你加油、打氣。」

走在梓希身旁，倏忽插嘴的是七海。她比梓希小一歲，今年應該是二十九歲。七海從以前就很講究穿著，最近常穿和服。我是個時尚白癡，對於「什麼風」、「什麼系」完全不熟。七海今天也是一身和服內搭白襯衫，搭配靴子的組合。她時常換工作，每次都得問：「現在在做什麼？」她回答：「賣襪子。」記得前一份工作是客服人員，再之前就不記得了。

「我明白你的心情啦！」另一位表姊美久瑠憐憫似地說。

今年二十八歲的美久瑠，自稱「永遠的十五歲」，似乎時常被梓希和七海調侃道：「永遠都是那麼不自由的年紀，好恐怖喔！」

「要是明白，就代替我啊！」

美久瑠頗為困惑地偏著頭，她的臉上有三分之二覆著白色荷葉邊，即使知道是手作口罩，用在這種地方還是頗嚇人，也很容易讓人誤以為是把內褲套在臉上。

超愛荷葉邊、蕾絲與蝴蝶結的美久瑠，總是把自己打扮得像洋娃娃，醒目到和她走在一起時，路人都會回頭瞧她的程度。不過，擁有粉嫩雙頰、天生童顏的她，十分適合這種打扮。

雖然美久瑠是白衣天使，我卻完全無法想像，她去掉這身裝飾穿上護士服在醫院工作的樣子。高中時，她還會在制服的袖口、裙邊做些方便拆裝的綴飾，進行一番大改造。醫院應該不容許這種事吧？

「不行、不行、不行！絕對不行！妳也知道這絕對行不通！」

七海摟著美久瑠的肩頭，繼續往前走。

我跟在外型大相逕庭、感情卻很好、一路笑鬧的三人組身後，萌生出一旦掩沒在人群中，絕對不會被發現的自信。梓希曾揶揄我像是，無印良品的假人模特兒。

看在往來行人眼中，或許會覺得我和他們毫無干係；要不然就是因為三姊妹過於醒目，完全沒注意到我。應該是後者，因為一走進〈國王〉就知道，我們明明坐的是四人桌，店員卻只端來三杯水。

「不好意思，少一杯。」

這麼一喊，只見店員先是愣住，隨即疑惑地偏著頭，接著走回廚房。

面面相覷的梓希她們，忍不住笑出聲。

「桐矢還真是沒存在感啊！」

只有和妳們在一起時才會這樣，誰叫妳們實在太醒目了啦！本想如此反駁的我忽然想到，即便在職場，周遭人也常一臉驚訝地對我說：「欸？你在喔？」、「什麼時候來的啊？」

承認吧！我就是這麼沒存在感。

面對事實的結果，就是飽嚐苦澀，但逃避事實的行為，更令人不堪。

「因為長得沒特色嗎？」

七海摺著脫下來的外套笑問著，她就是那種用溫柔口氣說出嘲諷之詞的人。

店員總算端來我的水杯。這是一間每次來都讓我感到很不舒服的速食店，看著橘色的椅子與牆壁、炫目的霓虹招牌，還有男人抱著衝浪板的掛畫，就不禁想悄聲嘆氣。不過，梓希她們倒是挺喜歡這間店。

儘管這間店的麵包和抹醬都是手工製作，我每次都覺得有一點格格不入；也許是因為很自在的氛圍，也或許是因為漢堡超大的緣故。然而，我倒是不討厭店員們那合身的條紋洋裝搭配白圍裙的制服就是了。

明明是正午時分，店裡的客人卻不多。

「大家都盡量避免外出用餐吧？」梓希環顧店內如此說道。

「我來個三層起司漢堡。」

「不覺得酪梨漢堡看起來很好吃嗎？」

「我要一般的起司漢堡，還想吃薯條，會不會太多？也好想吃洋蔥圈喔！」

三人已經完全無視我的存在，聚在一起，興奮盯著護貝的菜單。

我瞅了她們一眼，索性起身去洗手間。

──洗手要超過二十秒！

我一邊盯著貼在牆上的標語，一邊仔細搓出泡泡。按照一般洗手步驟，就算再怎麼趕時間，也要花個兩分鐘左右。洗手只花二十秒的人，到底是怎麼個有效率的洗法啊？我真的十分好奇。

回到座位後，我發現她們聊得更加起勁。印象中有「嘰嘰喳喳」這般形容聲音的詞彙，但她們的交談聲絕對沒這麼可愛，而是聽起來「嘰哩呱啦、嘰哩呱啦」。

我從包包掏出酒精擦，把菜單擦拭一遍。就像美久瑠剛才說的，酪梨漢堡看起來很美味，但我從來沒點過。要是酪梨口感偏硬的話，肯定很令人失望，會有種遭到背叛的感覺，還是選每次來都點的一般漢堡好了。呃，可是……

「桐矢，還沒決定嗎？可以叫店員過來了吧？」

聞言，我這才察覺梓希正不耐煩地用食指敲著桌面。

「等一下、等一下！」

「你到底是在選擇困難什麼呀？」

「這個和這個……」

我遲疑地這麼一指，只見梓希嘆了一口氣，迅速舉起一隻手，擅自點了兩個酪梨漢堡、三層起司漢堡、起司漢堡與洋蔥圈。

「你就吃酪梨漢堡吧！」

「我還沒決定吔！」

「你這種優柔寡斷的個性，真叫人傷腦筋。」

「就不能說是小心謹慎嗎？」

不是無法決定，只是需要花點時間決定，因為不想失敗。衝動行事而造成周遭人的困擾是最要不得的，畢竟身邊就有個糟糕的例子，凡事更要謹慎才行。

就在我聽她們嘰哩呱啦了十分鐘，店員這才端來冒著熱氣的盤子。我小聲向他要了叉子，店員默默地指著置於桌子一隅的細長籃子。

「用手抓著吃不就好了？」七海看著用叉子刺向細長薯條的我，冷哼道。

「可是手會沾到。」

「沾到什麼？」

「鹽啊、油啊……」

「蛤？」嗤笑一聲的七海，用纖細手指抓起薯條。

「桐矢很愛乾淨呢！」大口咬著酪梨漢堡的美久瑠，聲音含糊地說。

看她吃得雙頰鼓脹，肯定比預期來得美味吧！

「就是啊、就是啊！這小子小學時還哭著說，學校的抹布太髒，他不敢碰。」

梓希呵呵大笑，一副她親眼看到的口吻。看來是班導告訴母親，母親再告訴梓希，一個傳一個吧！不過，因為抹布太髒而哭這件事，是一點也不誇張的事實，我完全無法反駁。

「我覺得愛乾淨不是壞事啊！」我拚命地想辯解。

「也是啦！對啊！」三人頻頻頷首附和。

最近每一家店的入口處都會擺置消毒用的酒精，找零也不會親手遞交。以往我不管做什麼都會被笑「太神經質」，現在不會有人這麼說了。

三人以令人嘆服的氣勢逐漸剷平漢堡，儘管她們不論是時尚品味還是其他方面皆迥然不同，唯獨吃東西時的幸福表情如出一轍；應該說，大快朵頤時的三人，都像極了她們的母親。

「桐矢，沒食慾嗎？」

被這麼一問的我這才留意到面前的食物，麵包因熱氣已萎縮，開始皺得像葉脈，看來我沉思的時間比想像中來得久。

「也太為難你了，肯定討厭和外公一起住吧！」

美久瑠說著，投以同情的眼光，手依舊不停地把薯條往嘴裡塞。純白連身洋裝的袖口和領口都綴著白色荷葉邊，我從未看過她吃東西不小心弄髒衣服。

「想也知道啊！」

感情很好的三姊妹與她們的孩子，外公就處在這個以美麗又強韌的線條描繪出來的圓圈外頭，是個就算邀他入內，也會自動彈出去的存在，當然很討厭和這種惹人厭的傢伙一起住。

我不由得嘆了口氣，咬了一口酪梨漢堡，酪梨的口感軟硬適中，不輸起司的濃醇味。我一向都是點一般漢堡，沒機會邂逅這種滋味。

一定有什麼是唯有不畏懼失敗，勇於挑戰的人，才能得到、才能到達的境地。這道理我也明白。但想在事前盡量減少風險，這想法難道有錯嗎？兢兢業業地活著，就那麼不堪嗎？

「總之，加油啦！桐矢。」梓希掃光盤子裡的食物，抬高下巴說道。

「沒錯，看來外公很喜歡你喔！」七海也用力頷首。

「說的對，這才是最重要的。」

「畢竟同為男人嘛！」兩人異口同聲。

美久瑠則是一臉擔憂地看著我，又看向她們。

因為同是男人……。若是因為這理由就能投契的話，這世上也不會發生戰爭了。至少我長這麼大以來，從來沒有因為性別相同而和別人成為好友的經驗。

眾人步出〈國王〉之後便鳥獸散，我獨自返家。

美久瑠住在醫院的宿舍，七海和美海子阿姨同住。梓希則是回去上個月開始和男友同居的公寓，我曾問她：「不結婚嗎？」她淡然地回應：「結了也沒好處。」

這場聚會美其名是幫即將和外公同住（也許吧）的我加油打氣，卻反而奪走我的氣力與體力。

我發了一封『給我貓成分』的短訊給佩利，不到五分鐘就傳來十張圖。

「佩利」的本名叫澤田哲太，是我從小學到高中的同學。小學時的他長得十分白皙，髮色偏紅，現在也是如此。以小西為首的那幫惡童，曾訕笑道：「你這小子一定是外國人吧？」還取了鮑伯之類的外號。他十分討厭這綽號，希望我幫忙想個更強的名字。

「要取什麼好呢？」、「嗯……佩利之類的吧？」我們經過一番討論後，總算做出了決定。雖然我不太確定「佩利」這名字是否比「鮑伯」來得強，但他是我唯一的朋友是不爭的事實。

身為漫畫家助手，負責電腦繪圖的佩利，個性超宅，幾乎不出門，我們大概一年只碰一次面，不過每天倒是都會傳訊。當我心情低落時，他就會傳自己養的貓照片給我。佩利說，貓的存在就是讓人類覺得「超可愛！活著真好」如此美好的生物，所以想死的話，就看看貓吧！

他養了三隻貓，分別叫做柏拉圖、史賓諾沙與笛卡兒，三隻黑貓長得十分相像，實在很難區別。附帶一提，佩利都叫我「克利安」。

來自貓的賜予，使我滿血復活。一回到家，便瞧見母親在客廳觀劇，八成是在消化積了一堆的預先錄影，才會用快轉播放吧！

「你有所覺悟了嗎？」她躺在沙發上抬頭看著我。

非但沒問候「你回來啦！」，還突然這麼問？

母親在等回應似地瞅著我，嘴裡嘎吱嘎吱地啃著〈Elise〉這牌子的餅乾。

我佯裝沒聽見，逕自走進浴室洗手。就在我仔細搓揉手上的泡泡時，母親大踏步地闖了進來。

「好歹也回應一下吧？」將餅乾屑掉滿地的她，不悅地質問：「你這是遲來的青春期嗎？」

「……我還沒覺悟。」

「真是服了你，做什麼事都慢吞吞的！」

今年一月我被叨念道：「你也趕快離家獨立吧！」

從年輕時就輾轉待過好幾間美容院與美甲沙龍店的母親，於去年用一點一滴存下來的開業資金，如願在自家開業。主要是在家裡幫客人做美甲，還為行動不便的高齡長者提供到府剪髮、染髮等服務。

「這樣很好啊！」、「加油！」我、梓希，還有身在遠方的父親，都很贊成母親的決定。

其實我也常在想：自己該搬出去住了。今年二十五歲的我，步入職場已經三年，早就該離家獨立。

我是超級居家派，會想慎重選擇住的地方。無奈租給單身者的公寓都不大，我又無法長時間待在窗戶小又狹窄的空間，感覺快要窒息。問題是，獨棟的房子或是坪數較大的公寓，租金都很貴，加上疫情影響，要找到適合的就更困難。

就在這般什麼著落都沒有之際，突然迸出我要和外公一起住的惱人問題。雖然我總是被批評優柔寡斷，但這件事不同於漢堡店點餐，不是能輕易決定的事。

「我可是突然被告知要和外公一起住吔！」

母親將餅乾袋扔進洗手間的垃圾桶，嘆了一口氣。

「我知道、我知道。讓你獨自照顧老人家，我心裡也不好受啊！但他就是不願意和女兒們同住，我們又不放心他獨自生活。」

「嗯、嗯，我知道啦！」

這麼回應的我步出洗手間，母親也踩著不負「吵子」之名的腳步聲跟在後頭。

當我把水注入手沖壺時，馬上傳來母親的聲音。

「順便幫我沖一杯！」

細長的壺嘴冒出水蒸氣，我用食指攪了一下咖啡粉之後，慢慢地注入熱水，咖啡香霎時籠罩廚房。就在我慎重地注入熱水時，母親從架子上拿了咖啡杯。

外公嘴巴壞、性格乖僻、粗暴又無禮，即便如此，母親與誠子阿姨還是異口同聲地說：「再怎麼樣，他也是我們的爸爸。」況且，外公的現況並非完全不需要人照護，擔心他要是突然倒下來，身旁沒人就糟了，母親也一再強調這件事。

「外公完全不想離開那個家，不是嗎？」

「應該是。」

「因為一直都是住在那裡的關係嗎？」

就在我們邊喝咖啡邊聊時，我突然察覺到有件事不太對勁。我一直以為外公結婚後就買了那棟房子，因此無論是三姊妹出生，還是後來和外婆離婚，他都一直住在那個家。

「不是、不是，他們婚後住的是文化住宅[1]。生下我們三姊妹之後，應該有當時拍的照片。後來才買了現在住的房子，全家搬進去是在我九歲那年。」

母親九歲那年的話，那就是一九七五年的事。外公想要擁有自己的家，雖然不是選在自己熟悉的土地上，由於地價便宜的關係，決定定居在郊區的私鐵沿線街

注1：文化住宅，日本大正時代中期之後導入西式建築風格的大眾住宅，屬於和洋折衷風格的建築樣式。

道。只不過搬家那天，只有外婆沒跟著過去新家。

「咦？為什麼？」

搬家時，外公的公司同事、後輩都來幫忙搬運東西。三姊妹則是分別坐上三輛小卡車的副駕駛座，前往新家。

「很難得能坐在小卡車的副駕駛座，所以讓我們嘗鮮。」母親這麼解釋。

外公的車上也堆滿東西，照理說副駕駛座是留給外婆，然則一到新家，才發現外婆根本沒坐上副駕駛座，更奇妙的是，也沒看到她的衣物和化妝臺。

「媽媽去哪裡了？」一問之下，外公才說：「你媽媽自己搬去別的地方。」

那時候母親她們恍然大悟，原來父母假借搬家之名，偷偷地準備分居、離婚。

「怎麼會這樣？」

「是啊！讓人很傻眼吧？我們還問了好幾次，你外婆到底搬去哪裡？結果還被臭罵『吵死了』、『不要再提那傢伙的事了』。」

從此母親她們再也沒見過外婆，當時母親九歲，美海子阿姨十一歲，誠子阿姨十三歲，還是年幼懵懂的年紀。不過，三人都隱約察覺到父母感情不睦。

「你外公就是那種人啊！稍微不順他的意就馬上破口大罵，就是人家說的昭和男人，滿腦子只有工作，不會幫忙照顧孩子。你外婆常常一邊洗盤子、洗衣服，一邊掉淚呢！而且啊、而且啊，你外公那時還在外面搞女人！」

「欸?!」

母親的口氣突然變得很激動，讓我十分詫異，咖啡還不小心灑了一點。

外公一直待到退休的〈和平食品〉是製作咖哩塊、咖哩調理包的食品製造商，總公司在大阪。負責跑業務的外公和通路那邊，也就是百貨公司的櫃姐，似乎過從甚密。

「怎麼會知道這種事？」

「你外婆告訴我們的啊！她很哀怨地說，你外公颱風夜還跑去找那女人。很差勁吧！」

「嗯，真的很差勁！」

我當然厭惡外遇這行為，但外婆把這種事告訴自己的女兒們更令我訝異。對小孩子來說，從父母口中聽到這種事不是很痛苦嗎？不過要是隱瞞事實，孩子也很受傷吧？不管怎麼做，孩子都會受到傷害，難怪大家都想趕快長大成人。

「他打算和你外婆離婚，和那女人結婚吧？」母親冷哼了一聲，端起咖啡杯。

「結果沒能如願。」

「離婚之後呢？」

「還能怎樣，就這樣啊！我們再也沒見過你外婆，也和她娘家那邊斷了聯繫。你外婆現在應該在哪裡生活，只是完全沒有她的消息。」

「沒找過她嗎？」

「嗯……是有啦！」

當然會想再見到自己的母親，只不過跟著父代母職、家事白癡、只會做咖哩的外公一起生活，「如何活下去」便成了最優先考量。三人在長女誠子阿姨的管理、指示下，輪流做家事，守護「家」與「生活」。

「那時成天被誠子姊命令來、命令去，有夠煩的。況且我又不像美海子阿姨那麼機靈，懂得伺機偷懶。現在想想，誠子姊那時也是個小孩，真的很可憐，那麼小的孩子突然被逼著當一家之母。」

「肯定覺得很累吧？」我戰戰兢兢地問。

母親笑著伸手抵住太陽穴，一副不知該露出什麼表情，只能微笑以對的模樣。

「根本沒空想這種事，每天都得很努力地活著。」

總之，這段來龍去脈讓我再次深切感受到，三姊妹為何如此感情深厚的緣由。

我問母親，自己身為人母的感覺如何？她說，一言難盡，因為各種情感混合成馬賽克狀。

「這種事不能說就是夫婦其中一方的錯，原因很複雜。不過，我有時還是會怨恨地想：**為什麼她要拋棄我們？**小時候真的很難釋懷。現在問我還想不想見她？嗯……我也不知道囉！」

某天，這般馬賽克狀情感的「怒氣」部分顏色變深，然後到了某一天，「同情」部分又增強，所以母親很難說明內心如此複雜的情緒。**原來如此，我明白了！**

「你的『桐』，就是取自外婆的名字『桐乃』。」

「嗯，聽妳說過。」

或許有段時期，馬賽克狀情感的「戀慕」部分也很明顯。

雖然我努力想要喚醒關於祖父的愉快回憶，無奈想到的都是眼前遭遇的事——慶生會時成了不速之客的他，在臨走前撂下這番話：「桐矢，你還是這副扭捏樣，等你來我家，我會好好訓練你的，最好有所覺悟。」

「外公說想和你一起住時，我認為這是個機會呢！但並不是要把照護外公的責任推給你啦！」

母親她們的意思，似乎是打算先接受外公提出的要求，日後才能繼續交涉；至於「日後」，就是指讓外公住進養護設施之類。

「真是幫了我們一個大忙。」

「與其說是幫了大忙，不如說是犧牲品吧！」

我瞅了一眼雙手合十的母親，隨即看向放在矮櫃上頭的一盒咖哩調理包。甜味、甜味，全是甜味。忽然想到，搞不好外公一直以為我還是個孩子。

第二章　夏季蔬菜咖哩

★　★　★

〈文化與創造股份有限公司〉是我任職的公司，分別針對幼兒到成人，開設各式各樣的學習課程。

我大學畢業後任職的第一間公司是以關西為中心，開設針對國小、國中學生為對象的補習班。最初幾年是擔任班導之類的工作，後來不知為何被調至營業單位；做了一年，逐漸熟悉這份工作時，上頭又問我要不要去集團底下的文創公司業務企劃部。

雖然上頭沒有具體說明業務企劃部的工作內容，不過就像文化中心一樣，什麼都得沾一點邊。而我的工作是和講師們討論年度課程，通常都是窩在公司的某個小房間裡，發想新課程；還要負責招聘講師、結算講師的鐘點費；人手不足時，也得兼做櫃檯的工作，就像今天這樣。

新谷先生突然請假，已是六月份的第三次了，這次請假是因為他的四歲女兒發燒。三十世代的新谷先生，似乎和妻子協議「一起分擔家事與照顧孩子」，所以他的原則是無論如何都不會加班，雖然曾被上頭酸言酸語，卻完全不當一回事。我覺得這一點很酷，一點點而已。

櫃檯一隅擺著用毛線編織的貓咪玩偶，通常裝飾在這裡的都是學員的作品，像是用鐵絲做成的籃子與瓶中花。畢竟大家都希望自己的作品能讓別人看到，就像音樂、舞蹈班會定期舉辦成果發表。

想要展現給別人看的心態，果然是最強的動力來源。如此思忖的我，順手拿起貓咪玩偶。

「哦，貓咪嗎？好可愛。」

身旁突然傳來聲音，讓我嚇得抬起頭。

「啊！妳好。」

只見北野丸女士不知何時站在櫃檯前，約莫七十幾歲的她是這裡的學員，是位散發可愛氣息的嬌小女性。有一次她詢問影印機的使用方法，正當我教她如何操作時，北野丸女士乍然說了句：「你年紀輕輕的，卻好親切啊！從此她只要看到我，都會主動打招呼。

此外，北野丸女士也經常說：「每次看到佐野先生，就會想起我弟弟呢！」問題是，她的弟弟應該也是歐吉桑了吧？因此每次聽到她這麼說，我的心情總是有點複雜。

喜歡聊天的學員不只北野丸女士。「今天好熱啊！」、「一直下雨，心情好鬱悶喔！」其他人也會和我不著邊際地聊幾句，也有不少人會跟我聊孫子的升學問題，不然就是自己的血糖值超標之類的。

然而，最令我印象深刻的是，我和館長因身形嬌小、優雅沉穩又可愛的北野丸女士參加了〈基礎入門武術　從零開始學起的護身術〉這堂課，而頻起爭執。

「明明是針對男生開的課程，沒想到會有歐巴桑報名參加。」、「挺有勇氣挑戰的嘛！」由於館長總是這樣看待北野丸女士，視她有如珍禽異獸，所以我們經常為此抬槓。

館長以前也會說，參加手作課程的男學員是「裁縫男」、「編織男」，明知他就是這種人，但這次我真的無法忍受。隨隨便便給別人貼上「相當稀奇的存在」這樣的標籤，「是喔！這傢伙還真是異類。」難保別人也會這麼附和他的想法。

於是，我下意識強烈地認為，館長是個很糟糕的傢伙，無法原諒他的言語暴力，也就難以壓抑情緒，不由得脫口而出：「不要這樣說別人！館長，這樣很不好！」不然就是「這麼說別人就是不對！這種觀念很落伍，跟不上時代！」反駁得很不著邊際就是了。「我知道啦！佐野，你幹麼氣成這樣呀？」往往被搞不清楚狀況的館長安撫幾句後，也就不了了之。

想說新谷會不會多少和我站在同一陣線，結果他一副事不關己，不想惹麻煩的模樣，鐘點制女職員的態度也是如此。

從那件事之後，我在職場上就成了「明明沒什麼存在感，卻很愛計較的麻煩傢伙」，大家對我敬而遠之。可想而知，在這樣的環境工作根本就產生不了成就感，腦中浮現百次「想馬上下班」的念頭。

儘管北野丸女士是我和館長不合的導火線，她似乎相當喜歡〔武術〕這門課程，從她時不時會說：「身體動一動，真的很不錯呢！」、「上完課就覺得神清氣爽多了。」這般當下感想便能窺知。

「午安，佐野。這是貓咪？」

「是的，這是編織課學員的作品。」

即便作品再怎麼拙劣，只要是出自學員之手，我都會說是「作品」。其實公司沒這麼要求，可能是我特別憧憬「能夠做出什麼東西的人」，尤其是從事這類型工作的專業人員。佩利從以前就很會畫畫，現在也是靠此營生，或許受到他的影響吧！

有的工作會留下具體的東西，有的工作則沒有，兩者雖說都很重要，我卻斷然欽慕著前者，羡慕能看到具體的成果。至少自己從這世上消失後，還能留下親手做的東西。

不過，我在憧憬之餘，也告訴自己放棄吧！為什麼呢？因為我不是那種不斷創造靈感的人，手也不夠靈巧。不被創造之神眷顧的人，只能做湧不起熱情的工作，苟延殘喘地活著。

「佐野先生，難不成你討厭貓？看你一臉嫌煩的樣子。」

「咦？有嗎？我喜歡貓啊！」

「是喔！那你在煩什麼？」

「……沒啊！沒在煩惱什麼。」

「是嗎？」

北野丸女士詫異地偏著頭，臉上滲著一絲疲憊。有煩惱的人應該是她吧！

因為還是有不少課程從四月開始停課一直到現在，所以出入的學員並不多。我們隔著櫃臺閒聊時，也沒人經過。

「也是啦！每個人都有許多無法向別人啟齒的事。」

她那憐憫的口吻，令人不由得想哭。

倘若今後同住的對象是像她這樣的人就好了。不是像外公那麼粗鄙的人，而是像北野丸女士這般溫柔的人，該有多好啊！

遲遲下不了決心與外公同住，就這樣過了兩個月。面對始終拿不定主意的我，母親的焦慮心情也飆至最高點。

一想到要和外公同住，我的喉嚨、鼻子深處就覺得有點刺痛，湧起一股鹹鹹的味道。

記得小時候一大家子去海水浴場，外公讓我坐在橡皮艇上，帶我去深到踩不到地的地方，然後冷不防把我扔進海裡，說自己就是這樣學會游泳的。他還會硬逼我爬樹，無視我哭喊：「不要啦！」、「好可怕！」、「我要下去！」拿著類似竹尺的東西不斷抽打我的屁股，怒斥道：「男人不可以哭！有夠丟臉的！」

我的偏食習慣也常惹來外公的斥罵，每次來我家，都會逼迫我吃不喜歡的東西。即使食物掉在地上，他也會一派理所當然地說：「安啦！別把自己搞得那麼嬌貴。」硬逼我吃下肚。

外公只要端出他的口頭禪「像個男人」、「身為男子漢」，我就得大口扒飯，掉在地上的東西撿起來繼續吃是被高度肯定的事；無論發生什麼都不能哭、不能示弱；只要是對自己有利的，要不惜力爭到底，一旦被摸頭安撫就沒戲唱了。

總之，他和我處的世界可說大相逕庭。

「我得有所改變才行，是吧？」

北野丸女士一臉不可思議地看著忍不住脫口而出的我。

「為什麼身為男人就一定要有男子氣慨呢？」

「是被誰批評過嗎？」

北野丸女士果然是有見識的人，口氣沉穩地反問突然迸出這句話的我。

「他叫我要改變。」

正確來說，是「給我改變」。

「這個嘛……」北野丸女士隻手托腮，沉默了一會兒，喃喃道：「確實應該要改變才行。」

「……是喔！」

「是的，但不是佐野先生，而是說這句話的人，還有允許如此無腦說詞的世界。革命就對了，革命！」

「革命嗎？」我被這般誇張說詞搞得一頭霧水。

「沒錯、沒錯！」北野丸女士舉起纖細的手臂回應。

擺在櫃臺上的編織貓睜著黑眼瞳，注視這一切。

★　★　★

我有點猶豫要不要撿起滾落至腳邊的東西。

「不好意思！」

旁邊傳來沙啞的嗓音，只見坐在隔著走道、斜前方的女人，轉身窺看我。

「可以幫我撿一下嗎？」

由於女人如此請求，我便拾起了腳邊的圓形物體。

原來是毛線球，又紅又粗的毛線球。從我的座位看得到，自發車後她便一直低著頭，手上的棒針動個不停，而擱在包包上的毛線球可能是隨著身體律動，掉了下來滾到我這裡。

我正打算起身將毛線球還給她時，列車突然晃得厲害，害我又一屁股跌坐回位子上。女人見狀，伸手掩住鼻子下方，噗哧竊笑。

之所以猶豫著要不要撿起毛線球，是因為腦中浮現出好幾年前的一段記憶——國中時，有個名叫定子的同班女同學，也是我的遠房親戚，我曾在教室裡撿到定子掉落的小布包。當時她接過小布包，並說了句：「謝謝！」沒想到，隔天卻堅稱放在布包裡的手鏡不見了，甚至一口咬定是我拿的；理由是因為我是孤兒，沒有錢。最後，多虧同學們的幫忙，才得以洗刷清白。

不過，這次經驗也讓我學到教訓——對女人親切是無意義的事。

「可以過去你那邊嗎？」接過毛線球的女人，探問道。

我默默頷首，移坐至四人座的靠窗位子，對面坐著兩個身穿立領制服，睡到嘴巴開開的平頭男，其中一人的臉頰還有淚痕。是哭累睡著的嗎？還是夢見什麼悲傷的事而哭泣？我也是睡到剛剛，所以不曉得。反正啊！我明白國中畢業後就得馬上去陌生地方工作，有多麼令人不安。這小子十五歲，我十八歲，只差了幾歲，命運卻有著極大差異。

平頭男他們是從博多上車。月臺上，前來送行的父母親，朝著車子不斷拋出彩帶，還有人吹奏小號。當列車開始飛馳時，有人以快掉下去似的姿勢，從車窗探出大半個身子，朝送行的親人不停揮手，不時傳來啜泣聲，四周一片嘈雜。

我住的村子也是如此，半數以上的國中生，畢業後都會前往東京、大阪等地工作。我能讀到高中，稍微多念些書，算是十分幸運的，至少對沒有父母的孩子來說，運氣相當不錯。

女人原本坐的那排位子，有一位身穿立領制服的少年，在其他位子也看得到這樣的孩子。發車後周遭喧鬧了一陣子，隨著窗外變暗，眾人紛紛進入夢鄉。

從我上車的那一瞬間，就覺得這女人很醒目。一位年紀稍長的女性，混在一群穿學生制服的年輕人當中，想不顯眼也難吧！

隔壁車廂的大人比較多。有幾個長相兇狠的男人脫了鞋子，盤腿坐在位子上喝燒酒；還有大剌剌地坐在走道上的男人，正泰然自若地吃飯糰；甚至有人講話像在怒吼，完全聽不懂在說什麼，可能是鹿兒島一帶的方言吧？

列車即將駛入隧道時，耳邊傳來有人的怒吼：「喂，關窗啦！」不明究理的我趕緊關窗，不久窗外乍然一片漆黑。「要是開著窗，當列車駛進隧道，滿是煤灰的煙就會飄進車廂內。」聽見女人向一臉愣怔的平頭男們解釋，還補充道：「擤鼻涕時，可是會連鼻水都會變黑呢！」

「你要去哪兒啊？小哥。」

她之所以悄聲詢問，可能是怕吵到酣睡中的乘客。

「要去……大阪。」

我遲疑了一下，也低聲回應，還補上「大阪」一詞。

「我也是呢！」女人說著，收起毛線和棒針，掏出橘子，遞了一顆給我。

「來，請你吃。」

用指甲一剝橘子皮，頓時竄起一股清爽香氣，一大早趕車的疲憊得到些許的舒緩。本想趁車子停靠某站時，看看有沒有人賣便當，無奈連買個便當的餘裕都沒有。一顆橘子喚醒空空如也又飢腸轆轆的胃，我只好猛嚥口水安撫它。

女人說，她在大阪的紡織廠工作，已經做了超過十年，還哽咽地提到，起初每天晚上都在哭。

我有自信不會這樣。就像今天，步出一直以來生活的家之後，我一次也沒回頭，沒人來送行，卻一點也不覺得寂寞。我抱著再也不會回來的決心，離開村子。

「我也在大阪工作，一間叫和平食品的公司。」

「和平食品啊——」塞了一片橘子進嘴裡的女人，語帶含糊地喃喃自語。

「是的。」我用力頷首。

「這樣就有很多新鮮有趣的事在等著你呢！」

女人的這句話，讓我嚇了一跳，畢竟聽到太多什麼「要負起身為成熟大人的責任」、「必須好好工作」之類的話，第一次聽到有人對我這麼說。

「是唷？」

「是唷！」女人模仿我的口氣，笑著回應。

即使被笑，奇怪的是，我卻一點也不覺得生氣。

「你的人生從現在才要開始。」

從現在才要開始……。這幾個字永遠在我的手中閃耀著。

女人進入夢鄉後，只有我獨自清醒地坐著。

從現在啊！從現在才要開始。

☆　☆　☆

我偷偷摸摸地溜出門，連早餐都沒吃。因為要是和母親打照面，肯定又會被追問：「你到底下定決心了沒？」

由於還有點時間，我目送了快速車，搭上普通車。就在我看書時，電車不知不覺地駛進離外公家最近的車站。看了看手錶，離我和美久瑠約定碰面的時間，還有三十幾分鐘。

為了決定是否要和外公同住，我想瞭解一下他的生活方式。只不過碰面談的話，可能會被強迫答應，還是遠遠觀察就行了。

我決定把這想法告訴梓希她們。

「我陪你一起去看看吧！」美久瑠立刻提議道。

小時候，四個人在一起玩耍時，年紀最小的我總是被使喚。「桐矢，去廚房偷冰淇淋。」梓希老是下這種無厘頭的命令，七海非但沒制止，還經常在一旁竊笑。只有美久瑠會護著我，她也從未說過「桐矢好可憐喔！」之類的話，也沒有責備梓希她們，而是附和地說：「我也一起去偷冰淇淋吧！好像什麼特殊任務，感覺好有趣。」堪稱三兩下就能轉換氣氛的高手。

我走進車站裡的〈羅多倫〉，想要補吃早餐。點了B套餐之後，馬上發了封訊息給美久瑠。

『因為太早到，先去羅多倫。』

立刻收到的美久瑠回訊。

『我也快到了。』

我一邊啜飲咖啡，一邊察看租屋資訊，畢竟也有可能搬出去一個人住，我希望如此。

不一會兒，坐在面對街道、落地窗旁座位的我，瞧見美久瑠的身影。白上衣的袖子，從手肘到袖口綴著又大又華麗的荷葉邊，搭配與胸前巨大黑色蝴蝶結同款材質的連身裙；還套著那個什麼，一時忘了名稱，總之就是讓裙子變蓬的玩意兒，依稀記得名稱很像一種食物的骨架，能讓裙子像氣球一樣膨脹。

「這個讓裙子膨起來的東西，叫什麼來著？」

我對著走進店裡、拉了一張椅子落坐我旁邊的美久瑠，探問道。

「你是說panier，裙撐？」

「沒錯，就是這個！我只記得很像食物的名稱。」

「像是panini（帕尼尼）、beignet（法式甜甜圈）各種東西混在一起喔！」

笑著這麼說的美久瑠，掏出粉紅色錢包，打算買杯咖啡來喝，我則是趁這段時間啃食三明治。

「順便問一下，這種樣式的袖子叫什麼？」

「我都是說『公主袖』。」

「公主袖。原來如此，謝啦！」

「為何這麼問？」朝著馬克杯吹氣的美久瑠，一臉不解地問。

「蘭氏環。」

「蛤？」

「就是視力檢查表上，那些像Ｃ的大大小小的環啊！就叫蘭氏環。」

「是喔！原來那個還有名字。」

「是啊！我也是最近偶然知道的吔！想說任何東西應該都有個名字才對，就會想知道。」

「所以對桐矢來說……」美久瑠好奇地舉起雙手，問道：「這衣服和視力檢查表是同一類東西？」

「就對於自己的平常生活沒啥影響的東西來說，算是同一類吧！」

「這樣喔！」

我繼續啃著三明治，看著陷入沉默的美久瑠，心想：該不會惹毛她了。

「大部分男人都不會這麼想吧？」

美久瑠步出〈羅多倫〉之後，倏忽迸出這句話。

「什麼？」

「衣服啊！」

怎麼還在糾結這種事？

「大家都會說很難聽的話。」美久瑠一邊走，一邊看著自己的鞋尖。「像是男生很難接受打扮得像洋娃娃的女生，覺得走在一起很丟臉。」

「哦，是喔？」我狐疑地偏著頭，從停車場牽出自行車。

只是停放在向陽處一會兒而已，自行車的坐墊就有點熱熱的。

「還有人會問：『妳的主餐是甜點吧？』這種蠢到不行的問題，超沒禮貌！」

「可能是受到《下妻物語》[2]的影響喔！」

「三十五歲的男性上班族會看《下妻物語》？還是你指的是那部電影？」

至此，總算明白她口中的「大家」，其實是指一位三十五歲男性上班族，不是所謂的「大家」。

「我是指原作，身為二十五歲男性上班族，我早就讀過了。」

「那是因為我推薦，要你『給我看！』」

「也是啦！所以，妳喜歡那個人？」

「我們是透過交友軟體認識的，只見過一次面，完全不喜歡。」

「那就不用理他說什麼啊！我覺得美久瑠很適合這身打扮。」

「啊——啊——，好想跟桐矢這樣的人交往喔！」美久瑠大聲地說出願望。「希望能像桐矢一樣，不過要更符合我的喜好，像桐矢又不像桐矢的人。」說完，她突然重拾活力，推著自行車置物架。「走吧！走吧！」

我們走在狹窄巷弄，不時傳來騎著五顏六色腳踏車的孩子們笑聲。今天又悶又熱，他們的瀏海被汗水濡濕。

我們憑藉記憶，尋路前往外公家，忽然身後的美久瑠碰了我一下。

「桐矢，外公從對面走過來吔！」

「欸？」

我凝望著從十幾公尺遠的地方，朝這裡走來的外公，無論是身上的灰色條紋衫還是帽子，都給人感覺是隨處可見的八十幾歲老人會穿戴的東西。

但怎麼說呢？氣場好強。沒錯，只能用「氣場」一詞來形容。外公渾身散發

注2：下妻物語，日本作家嶽本野玫瑰於二〇〇九年出版的小說。

著「別擋老子路」的氣勢，朝這裡走來。

我的眼前瞬間刷白，美久瑠用她的蕾絲陽傘幫我遮掩；說是遮掩，也只是遮住我的臉。

「暫時靜觀其變吧！」她用食指抵著嘴，活像刑警口吻似地說。

於是，我們以傘當盾，跟在外公身後。真的很討厭這樣！即便很不情願，還是緊隨其後。

只見外公緩步走過住宅區，經過車站大廳，走進〈ＡＥＯＮ〉。我們從乳製品區偷窺雙手扠腰，站在食品區麵包架子前的外公。只見他伸手拿了一袋麵包又放回去，然後隔著袋子用力戳了幾次麵包，結果什麼都沒買就走掉了。

「不買就不要碰啊！」美久瑠惱怒道。

我反而在意外公的口罩沒帶好，幾乎露出大半個鼻子，這樣的戴口罩方式與性器從褲子裡探頭一樣無意義。

外公接著走向熟食區，拿了燉煮物的菜餚放進購物籃，隨即盯著零食區的特大包巧克力好半晌。看他迅速走過肉、魚和蔬果區，八成不下廚吧！

「看來，他好像是家事白癡吔！」

「欸，想說他獨居這麼久，多少會自己打理生活。」

「啊！他該不會是抱著『反正家裡有女人打理，我幹麼自己來』的心態吧？」

「妳真的很討厭外公吔！」

「當然！當然討厭……」喃喃自語的美久瑠，深嘆了口氣。「那個人啊，超級重男輕女的！美海子阿姨出生時，他還說：『怎麼又是女的。』佳子阿姨出生時，他也這麼說。」

「妳怎麼知道這種事？」

「我媽說是小時候聽外婆提到的，而且外婆每次都哭著陳述這件事呢！對了，從佳子阿姨那裡聽到，梓希出生時，外公也講過同樣的話；七海出生時也是，還一臉失望地說：『什麼啊！又是女的。』」

「是喔……」我有氣無力地回應。

只在年代久遠一點的小說讀過重男輕女這種事，實在無法想像現在還有人會說這種話。

「我出生時，他好像有來醫院看我。那個人超討厭女人的。說是討厭嗎？根本就是瞧不起。聽他講話，就嗅得出這種感覺。」

她們有時會說「男人都一樣啦！」看來這句話似乎有著超乎想像的含意。莫非她們口中的「我們」並未包括我？老愛捉弄我的同時，其實我並沒有站在她們所繪的圓圈裡。原以為自己是被疼愛著，但其實我們之間存在清楚的界線，因為「我終究是男的」。

「桐矢出生時，他好像說了句『太好了！總算生男的』之類。」

「什麼跟什麼啊！」

搞不好我的名字有一個字取自外婆的名，是母親想嘲諷「終於盼來男丁」的外公吧？總覺得，母親突然變成了遙遠的存在。

外公的背影出現在視線前方的自助結帳隊伍中，總算輪到外公使用時，卻好像出了什麼狀況，只見機器上方的燈開始閃滅。

「喂！」外公大吼一聲。

他向趕來處理的店員抱怨，即便店員頻頻道歉，還是吼罵不停。

「光看就覺得好丟臉喔！」美久瑠伸出手遮臉。

我們離開〈AEON〉，偷偷跟在踏上歸途的外公身後。我發現美久瑠好沉默，腳步也變得沉重。

「沒事吧？美久瑠。」

「你也是，沒事吧？桐矢。」

「我不敢說自己沒事，不過妳的臉真的很臭。」

想到外公舔手指打開塑膠袋的模樣，莫名感到鬱悶，但還是勉強往前走。

「對不起啦！一想到那個人老是說我『不像樣』，心情就很差。」

「不像樣？」

美久瑠小時候有點胖，每次外公看到她，就會扳起臉，叨念道：「長得跟小豬沒兩樣。」、「肯定一直吃零食吧！」。

「這就……太過分了。」

原來還有這種事啊！我那時在場嗎？老實說，自己完全沒印象，可能是滿腦子只想避開外公，沒心思在意表姊妹們被批評了什麼。

美久瑠在高中時努力減重，之後也沒再復胖。

「已經過了好幾年，想說應該不在意了。」

「我覺得妳還是別陪我了。」

「嗯，對不起吔！」

「不會啦！別在意，回去時自己小心點。」

即便很擔心快哭出來的美久瑠，但也許讓她先回去比較好。我們在十字路口分道揚鑣，我繼續跟蹤外公。

外公似乎已走進屋內，我攀著圍牆，窺看庭院。小時候覺得很高的圍牆，如今高度只到我的肩膀。庭院裡雜草叢生，玄關旁擺著扇葉裂開的電風扇，以及用繩子捆妥的一疊報紙。該扔掉的東西不扔，還擺在顯眼的地方，真是有夠邋遢！

「請問，你找小山田先生有什麼事嗎？」

冷不防被從隔壁走出來、身穿圍裙的女人這麼一喊，我嚇得差一點跳起來。

她用疑惑的眼神，把我從頭到腳掃視了好幾遍。

「呃，我來探望外公。」

「外公……哎呀！」對方似乎頗為驚訝，上半身一直往後仰。

隔壁掛著〔山口〕的門牌，記得前陣子幫忙叫救護車的人，是姓「生田」。

「對喔！小山田先生的孫子們來過這裡呢！記得幾個女孩子當中有個男生。」

「呃，那是我！」

「哇，長這麼大啦！」她的上半身又往後仰，像在跳凌波舞。

「小山田先生還沒繳鄰里會的會費呢！」收回凌波舞姿勢的山口太太，連珠砲似地說：「還有，不能倒垃圾的日子，他照丟不誤，真是傷腦筋啊！而且遇到時，連聲招呼也不打……不過孫子有來看他，至少讓人安心多了。」

「不好意思，給您添麻煩了。」

除了道歉之外，還能做什麼？

山口太太看到我行禮道歉，又變成凌波舞的姿勢。

「哎唷，你道什麼歉啦！不過，那個亂丟垃圾的行為啊，是真的應該要改一改才行呢！」

「我明白，真的很不好意思。」

然而，無法就此打退堂鼓的我，又靠往圍牆繼續窺看。陡然間，玄關的門被打開，脫去襯衫僅穿衛生衣的外公，雙手各提一袋垃圾走了出來。就在我煩惱著是否要主動打招呼時，外公已雙眼圓睜地看向我這邊。顯然太遲了。

「……頭顱！」

看來從圍牆內側只看得到我的頭。

只見外公嚇得驚慌失色，不斷往後退，結果後腦杓撞到玄關的柱子，痛得他臉皺成一團，蜷縮著身子。

「哎呀！」站在我身旁的山口太太悄聲驚呼，聲音帶了些許笑意。

我扶著外公進屋，讓他坐在玄關。

「桐矢，冰箱裡有保冷劑，快拿過來！」痛到面容扭曲的外公，命令道。

雖然屋內東西沒有散得到處都是，但物品很多，顯得雜亂。靠牆處堆著衛生紙和一盒盒面紙，桌上不知為何擺放了好幾瓶綠茶，那張熟悉的按摩椅上堆疊著毛巾與衣物。

廚房也不遑多讓，流理臺上擱著沒拆封的綠茶，還有一包包的白飯。吃完的菜餚，以及應該是用來裝馬鈴薯沙拉的塑膠盒掉在垃圾桶旁邊；為了塞回去，必須碰觸垃圾桶才行，我實在沒這勇氣。好想哭啊！盛裝菜餚的容器沒清洗就直接扔掉，垃圾桶塞得滿滿的，甚至將塑膠盒與衛生紙的紙圓筒一起丟進去，全是超乎我想像的行為。

好不容易走到冰箱前方的我，瞧見發黑的門把，打死也不敢碰，只好盡量不要踏到地板似地踮起腳尖，走回玄關。

「桐矢，保冷劑呢？」

「冰箱太髒了，我不敢碰……」

「笨蛋！」外公拍了一下地板，剎時揚起白色灰塵。

不管怎麼樣，都令人無法忍受。我眼角泛著淚。沒辦法，真的沒辦法！**死也不要住在如此骯髒的家！**

外公嘆了一口氣，自己去拿保冷劑，然後將顏色像是燉煮物的毛巾纏在頭上，返回我這裡。

「在幹什麼？快上來啊！」

「不要！外公家太髒亂了，我不想進去！」

剛才太慌亂，所以沒仔細看清楚，從玄關延伸至客廳的走廊上，也是堆滿各種東西。可能是怕落灰塵吧，還罩上黑色塑膠袋，這景象很詭異。

我戰戰兢兢地定睛一瞧，露出一小部分口罩和廚房紙巾的外包裝。

「幹麼囤積這麼多東西呀？」

「買起來囤啊！這樣就不怕要用的時候沒得買。」

「口罩也是？」

「是啊！為了買這東西可真累哩！」

只要聽到哪間藥局有口罩可買，藥局門口一大早就會大排長龍。今年二月到三月，每天都上演這般光景，真的很誇張。

最近的確口罩大缺貨，不太容易買得到。總覺得往來行人都戴著口罩的景象很不可思議。那些人也和外公一樣，一大早就在藥局門口排隊嗎？我略瞅了一眼，大概囤了將近十盒口罩。獨居的外公根本用不到這麼多啊！

由於超市的衛生紙限定一人只能購買一袋，外公乾脆早上和下午各跑一趟去購買。結果前幾天被店員發現，被說了幾句，惱羞成怒的他也不甘示弱地回嗆。如此不光彩的事，他卻像美談似的逢人就說。

「有備無患。」

真想叫他別以如此嚴肅的口吻，來陳述這種連小學生都知道的成語。

「你是一個人來的嗎？」

「是啊！」腦中閃過了美久瑠的身影，但我還是簡短地回答。

「來是可以啦！但不要站在那裡偷窺嘛，不覺得挺嚇人嗎？」

「對不起！我沒想到外公會把站在圍牆外偷窺的人錯看成頭顱，嚇成那樣。」

「蛤？我，我哪裡嚇到?!」

面有慍色的外公打了個打噴嚏，想掩飾心虛，隨即身子有點搖晃地站起來。

「我只是說會嚇到人。走吧！」

「去哪裡？」

「你不想進來也是沒辦法的事，去外面吃飯吧！有間店不錯吃。」

再次穿上襯衫的外公，盛氣凌人地邁開步伐。

儘管我才吃過早餐，肚子沒那麼餓，但今天我內心的希望之燈初次開啟，期待他會帶我去哪裡大啖美食。

沒想到，我們來到的是車站前一間名為〈小山迴轉壽司〉的店，而且是那種「今天超累，趕快隨便吃一吃，填飽肚皮就行了」時才會選的。其實迴轉壽司店也不錯，便宜又美味，的確是「不錯吃的店」，只能怪自己想太多。

建在喫茶店與美容院之間的狹窄土地上，這間〈小山迴轉壽司〉的店面空間十分狹長，原本想說可能僅是一間小店，沒想到縱深到令人驚訝。配合店內的空間，設置呈口字狀的細長輸送帶，三位身穿白制服的男人忙著捏壽司。之所以座位數不多，是為了保持座位之間的一定間隔，聊天或許會有些不方便，若像今天這樣想和保持心理距離的人用餐時，就很感謝這樣的設計。

這間店位於商店街，從玻璃門可以望見外頭熙來攘往的人潮。

乍然瞧見有個推輪椅的婦女經過，輪椅好像被什麼絆住似的無法前進，後來在過往行人的協助下，才得以脫困。雖然沒看清楚是誰坐在輪椅上，但推輪椅的婦女就是剛才打過照面的鄰居，山口太太。

「啊，那是山口太太！」

「山口太太是誰啊？」

「隔壁鄰居啊！」

「是喔！」外公微蹙著眉說：「就是那個有點囉唆的老太婆啊！」

真想叫外公別再這樣批評別人，何況山口太太明顯比外公年輕。

「坐在輪椅上的是山口太太的母親嗎？」

「哪知。」

「欸，不是住隔壁嗎？」

「哪知，沒興趣！」

外公的回應十分乾脆，他伸手拿了一盤蝦子，接著拿起醬油瓶，下一瞬間，臉色驟變，猛然大吼：「喂！」

突如其來的吼叫聲，害我差點噴茶。

一位身穿白色工作服的年輕男店員，滿臉驚慌地奔來。

「這裡也太髒了吧？到底有沒有好好擦過啊！」

外公斥罵後，用力放回醬油瓶，醬油從壺嘴飛濺出來，弄髒了檯面。就在我瞧著到底是哪裡有髒汙，這才發現原來只是放醬油瓶的地方滴落幾滴醬油。要是我的話，順手拿張紙巾擦乾淨就行了。

「不好意思，馬上為您處理！」

店員頻頻道歉，臉色發白地奔向廚房。當店員拿著抹布擦拭醬油漬時，外公雙手交臂地盯著他的一舉一動，那眼神擺明了就是「監視」。

「不覺得口氣太傷人嗎？」

待店員離去後，我才開口質問。最初拿的蛋壽司都快乾掉了，我卻沒想動筷。

「要是看到沒指正，對店家反而不好，當然要說哩！」

令我驚訝的是，這行為對外公來說，竟是一種體貼的表現。

「但口氣可以委婉一點吧？」

吹來一陣微溫的風，我沒即時發現原來是外公在笑；那不是風，是他的氣息。

「委婉？哈！我看到髒汙，叫他擦掉罷了。只是講出眼前看到的事實，幹麼要說得委婉？」

外公的嗓門有夠大。我用餘光捕捉到，站在離我們有一小段距離的地方，店員不知所措地低著頭。

「快吃！」外公瞅了一眼我的盤子，催促道。

就在我用筷子試圖切開頗大的蛋壽司時，外公又呵斥了。

「給我一口吃掉！實在看不慣那種女人般的吃法！」

要怎麼吃是我的自由……！無力反駁的我，默默地把蛋壽司塞進嘴裡。

「對了，你是做什麼工作呀？」

雖然嫌麻煩，我還是姑且試著說明。

「就是橋嘛！」外公聽完我的說明後，喃喃道。

「欸？筷子[3]？」

我看著手邊的免洗筷，想說是不是聽錯了。

「橋啦！渡河的橋。」

「不是橋啦！是文化創意學校。到底有沒有在聽我說啊？」

「那是啥？」

一回神，才察覺外公的視線落在我擱在膝上的托特包。從袋口窺看得到租屋情報誌的封面，看來他壓根兒就對我的工作沒興趣。

「有打算討老婆嗎？」

「還沒這打算。」

「章魚。」

以為被他臭罵了，原來只是點菜，但聽說上了年紀就比較沒辦法咬硬的東西。**外公嚼得動章魚嗎？**

「我的牙齒都是真的哩！」外公掀起上唇給我看。

牙齒的確整齊漂亮，只是整體偏短，看來用了超過八十年，多少都會耗損。

「男人啊，有了家庭才算獨當一面哩！趕快找個女人娶了就對了。」

外公講話就是這麼粗鄙，叫人不曉得該從何反駁。

「外公為什麼想和我一起住呢？是因為不想受到女兒，也就是女人照顧嗎？

真的是因為這樣嗎？」

「照顧啥呀？我好得很，才不需要別人來照顧。」

「可是你心臟不好啊！」

「我的牙齒都是真的。」外公又掀起上唇，強調道：「你看！」

真是的，剛才就看過了。

外公的視線追著輸送帶上的那盤鰤魚壽司，他喝了一口茶，潤潤唇之後，迸出了一句沒頭沒腦的話。

「還不是為了你好。」

「蛤？」

「你啊，扭扭捏捏的，一點男子氣概都沒有，果然不能在女人堆中長大啊！我已經八十三了，不曉得還能活幾年，好不容易生了你這個男丁，想親自好好指導你。這也是身為男人的我，最後一件工作。」

注3：「筷子」的日文發音近似「橋」。

「不必勞煩您老人家教導，何況這時代已經不講求什麼『男子氣慨』了。」

「總之，搬來跟我住就對了！」

天啊！根本完全沒在聽我說。以前曾在某本書看過，人上了年紀後就不太專心聽別人說話，通常捉到兩、三個單字就擅自將自己知道的資訊連結在一起，而且腦部會阻絕新資訊流入，真的很可怕。

「等我把你訓練成能夠獨當一面的男人，女人就會自動送上門了。」

「我說不要，你有聽進去嗎？我就是討厭這樣！」

「你不喜歡我住的地方嗎？我是有整理啦！只要清掃就行了，是吧？嗯？」

外公不斷湊向我。**太近了！別，別靠過來啊！**我一扭身，不小心打翻擱在一隅的茶杯，趕緊向店員道歉，借了抹布擦乾淨，迅速結帳後飛也似地逃離壽司店。

實在很想就這樣打道回府，無奈拗不過外公的驚人氣勢。

「有啥關係！走、走，跟我回去！」

不停碎念的外公，就這樣硬拉著我的手，不知不覺間已來到自家門口。

我並不認為人在任何時候都得要誠實以對，只不過我盡量不說謊就是。因為真的很討厭說謊時感受到的那種獨特緊張感與良心的呵責，也不想為了事後圓謊而耗損精神。

為了顧及對方的心情，必須端出裹著膠囊的話語；嚴格來說，這就是謊言。但若是這樣的謊言，我願意承受痛苦，畢竟直白道出自己心裡的感受，有時既白目又幼稚。

但是……但是……。被硬拉著往前走的我，一邊感覺自己的額頭不停冒汗，一邊注視著外公的後腦杓。

「我不想和外公住啦！」

「可是我想啊！為啥不想？你是在鬧啥彆扭？你這孩子真是有夠無情。」說完，外公突然發出哀切的聲音。「桐矢啊，到底為啥不願意?!」

過往行人露出「怎麼可以欺負老人家」的責難眼神瞅著我。不是的，不是這樣！我好想逐一辯解。

「拜託了，一起住吧！」外公彎腰懇求。

這是在演哪齣啊？

即便我悄聲制止，外公的雙手還是像蒼蠅般搓個不停。

「為什麼？你以前不是很仰慕外公嗎？」

胡扯！不要為達目的，捏造過去。

「那個，沒事嗎？」

我一回頭，瞧見身後站著一位短髮女子，身材高䠷，幾乎和身高一七〇公分的我平視。她顯然不是針對外公，而是看著我這麼問。

「發生什麼事了嗎？」

「那個，我外公……」

「咦？外公？」她說著，轉頭看向外公。

原本可憐兮兮地彎腰哀求的外公，不知何時已挺直背脊，雙手交臂。

「小山田先生，敝姓生田。」

女子伸手按著胸口，表明自己是誰，但外公卻沒有任何反應。

「我是住在後面那戶人家的生田。」

她的聲音有如外國樂器，聽起來略低沉，有些不可思議。

「生田……」我喃喃地說了一次她的姓氏，不知為何突然湧起了笑意。想說是陶器，看起來卻像奶油般淡淡融化的她，無論是那頭像外國男人般的深咖啡色短捲髮，還是眼睛下方的雀斑都很好看。現下正值夕陽西沉，她的髮梢閃耀著金光；儘管戴著口罩，不曉得長得怎麼樣，那對眼睛卻相當漂亮，睫毛也很纖長。年紀應該比我大吧？看起來約莫三十出頭。

「喔！」原本像當機的電腦般沒反應的外公，乍然大叫了一聲。

「妳就是住我家後面，那個嫁出去又回來投靠娘家的女兒啊！」

嫁出去又回來投靠娘家的女兒……。我的腦袋花了幾秒處理這句話，然後又花了幾秒才回過神，趕緊做出反應。

「這麼說太失禮了！」

外公怎會如此白目？真令人無法相信！

「有啥關係，本來就是事實啊！真是雞婆到令人火大。」

「雖然我不知道發生什麼事，但還是先進去再說吧！」生田小姐瞇起眼，看著我建議道：「今天很熱。」

外公在生田小姐的催促下，伸手握住玄關大門的門把。不知為何，生田小姐也跟在慢條斯理脫掉鞋子的外公身後，和我們一起進屋。

「幹麼？回來投靠娘家的女兒。」外公一臉不高興地回頭。

「我可是有名有姓呢！八月出生，所以叫葉月。山口太太還沒收到上週傳閱用的聯絡板，叫我來拿去給她。」

生田小姐，不，葉月小姐以機敏口吻說完，然後像檢視什麼似地環視屋內。

從剛才就被她那堂堂糾正外公失禮之舉的堅毅態度，震懾不已。我居然不曉得外公家的後面住著如此漂亮、帥氣的鄰居；要是知道的話，就會穿得更體面。

葉月小姐發現聯絡板後，拿起來抱在胸前，本以為她應該就這樣離開，沒想到突然跪坐下來。

「妳幹麼？快點走啊！」

「我很擔心，所以我不走。」

「蛤？」

葉月小姐面色鐵青地看著我。原來從剛才到現在，她所擔心的對象並不是外公，而是我。

「連手都在顫抖，肯定出了什麼事吧？你們好好談，我不會打擾。」

外公先是目瞪口呆，隨即恫喝道：「給我回去！」

「外公，這樣太失禮了。」我壓低聲音勸說。

外公不悅地咋舌，轉身拿起空調的遙控器。

「平常可是超過三十度才會開，今天因為妳，特地破例。聽到沒？是破例。」又囉唆幾句的外公按下冷氣鈕，平日沒在運轉的空調，霎時飄來一股令人厭惡的味道。

「這麼做室溫會差個一、兩度。」外公一邊碎念，一邊動手關窗簾。

八成是在量販店買的藍色窗簾，無論是長度還是寬度都微妙地差了一點點。窗簾一拉上，室內有如海底，我俯看自己那變成暗藍色的手掌。

外公繃著臉，悶聲不吭，我也不曉得該說什麼。

「到底發生什麼事？」葉月小姐像是劃破寂靜似地問道。

我只好盡量簡短說明——由於外公年事已高，母親和阿姨們覺得不能再讓他繼續獨居。外公又除了我之外，不願意和別人同住，因此我來看看他的情況如何。沒想到這個家如此髒亂，我連冰箱都不敢碰。

就在我滔滔不絕地說明時，外公猛的站了起來，聽著他緩緩登上樓梯的腳步聲，葉月小姐輕咳一聲。

「我覺得小山田先生自有一套清掃規則。」

據葉月小姐所言，她曾見過幾次外公在清掃庭院。

「只是隨著他的老花愈來愈嚴重，已經看不清髒汙了。還有擱在庭院裡的大垃圾，可能是因為錯過倒垃圾的時間，才沒來得及丟。我們這裡有些人就是對這種事特別嚴苛，我也有過幾次被他們突擊檢查，結果被指責了一頓。擅自闖進來說這種事，真的很不好意思，只是希望讓你知道實情而已。」

葉月小姐聳聳肩說完，接著又開始解釋關於獨居老人生活上的種種不便，她似乎是從事巡訪照護方面的工作。

然而，我覺得外公家就是髒亂，不是什麼看不清楚髒汙的問題。我悄悄抬眼，環視屋內——堆積如山的衛生紙和待洗衣物，有如海底的岩石；滿布塵埃的地板，則像是砂。這麼一想，就覺得痛苦得喘不過氣，喉嚨深處湧起鹹澀的味道。

「我一直都很怕和外公相處，從以前就是這樣。」

從以前就是這樣……。當我重複說這句話時，眼前突然閃現白——陽光灑在海面上，四處都成了綠色；海水的表面溫溫的，但腳一帶卻有點冷；救生圈上有海豚與章魚的圖案，還繪著紅色海星——每當白光一閃，記憶中的風景就越鮮明。

「海……」我喃喃自語，葉月小姐則是微偏著頭。

又喚醒大家一起去海水浴場的回憶。那是小時候，我五、六歲時的事情吧！梓希和媽媽都有去，爸爸沒有。那阿姨她們呢？還記得七海一臉閒適地躲在遮陽傘下喝果汁；我和美久瑠在海之家吃刨冰，看到彼此的舌頭被染成紅色、藍色，一直笑個不停。

大家都叫我別跑太遠，但不聽勸的我避開了外公的耳目，獨自跑去游泳。之前他曾把我丟在連腳都搆不著地的地方，令我相當挫折，這次想說只要有救生圈，就算搆不著地也不用怕。而且我也一直很在意，遠處浮在海面像是橘色氣球的東西到底是什麼？十分想一探究竟。後來才知道那是標示游泳區域的浮標，當時只覺得看起來像是誰忘了帶走的海灘球。

然而，不管怎麼游都游不到那裡，結果累得僅能抓著救生圈，愣愣地漂浮在海面上。陡然間，好像有什麼東西纏住了腳，抬起腳一瞧，原來是不知從哪兒飄來的塑膠袋。我急忙回頭望向沙灘那頭，才發現已經離岸邊好遠。害怕的情緒讓我想趕快回去，無奈再怎麼游都無法縮短距離。

現在的我已經知道，那是因為潮水流向改變的緣故，那時只覺得是惡夢一場。就在我哭喪著臉，朝陸地奮力滑水時，旁邊倏然伸來一隻粗壯的手，用力抓住我的手腕，是外公。當一片模糊景致總算對焦後，我清楚想起外公那張憂心忡忡俯視著我，且被太陽曬得有點紅的臉。

他冷冷地碎念了幾句，隨即將我的雙手擱在他肩上，然後悠然地游回去。那時外公應該已經六十好幾了，明明不是大塊頭卻有著厚實寬肩。他一語不發地游著，並未斥責獨自下海游泳的我。

不時被海潮掩沒，喝了好幾口海水，所以我的喉嚨總是卡著一股鹹味。即便如此，還是很愉快，只要抓著外公的背，我就一定是安全的，不再害怕。

其實並非全是不好的記憶，只是好的回憶不知不覺被深埋在心底，沒有掏出來。因為這麼一來，就能合理化自己躲外公躲得遠遠的心情。

「我很怕和外公相處，但並不討厭他。」

「嗯。」葉月小姐看著我，用力頷首。「你其實……桐矢，真是太好了。」

她怎麼知道我的名字？我詫異地看著葉月小姐，終於回想起以前來外公家玩時，好像見過她幾次，而且葉月小姐連梓希她們的名字都還記得。

「我想起來了！好像是你還沒上小學的時候吧，我剛好結束學校的社團活動後回家……」

國中時參加田徑隊的葉月小姐，由社團活動比較晚回家，結果在路上遇到外公，交談了一下。雖說是鄰居，一般國中女生並沒有什麼機會和半百大叔打交道。那時外公的心情莫名的好，「唷，回來啦！」看到葉月小姐還主動打招呼。

「他很開心地說：『明天孫子要來家裡玩。』」

葉月小姐說，他現在還是很期待孫子的到來。

「記得小山田先生那時提著兩袋裝滿咖哩調理包的袋子，且全是甜味的。他一臉得意地說：『我那最小的孫子很挑食，不過這口味的咖哩很合他的胃口哩！』我還回說：『就算很合胃口，也不需要買那麼多吧？』印象十分深刻。」

「是喔……」

前幾天的慶生會，外公帶來好多包甜味咖哩。

我那時有向他說聲「謝謝」嗎？

「打掃一下就行了。」葉月小姐環視屋內。

「欸？」

「你不是很討厭髒亂？我想主因應該就是東西太多……啊，我知道了！」

大呼一聲的葉月小姐猛的站了起來，剛好外公也正要下樓，不知為何手上還拿著劍玉。

「桐矢，你還記得嗎？這個是你……」

只見葉月小姐湊向這麼說的外公，不知說了什麼悄悄話，外公竟然一臉錯愕地看著她。

「不行、不行……」

不行什麼啊？

葉月小姐又湊近外公耳邊，悄聲地不知說些什麼。兩人竊竊私語了半晌，似乎達成共識似地用力頷首。

「走吧！」

葉月小姐揮著手催促我站起來，她把我和外公硬是拖去鄰居山口太太的家。

「小山田先生，桐矢，從能做的事開始著手吧！」

葉月小姐說完，將聯絡板硬是塞給外公。

從能做的事開始著手吧！這句話令我想起高中時的班導。總之，從眼前的東西著手收拾就對了，只要開始動手，就會知道接下來該怎麼做。

老師說話時，習慣拉長尾音，每次他喊「佐野」時，我都會聽成「左腦」。「喂，左腦，不要逃避眼前的問題。」、「喂，左腦，膽小和謹慎不一樣喔！」當時我覺得老師好煩，總是將他的話當成耳邊風，卻又不時會想起。但也僅止於想，並未付諸行動。

也許葉月小姐和那位老師一樣，都是內心強大的人吧！

外公要我把聯絡板拿給山口太太。

「這樣就沒意義啦！」

葉月小姐顯得不太高興，兩人起了小口角。接著葉月小姐抱起堆在走廊上一箱箱的廚房紙巾與口罩，多虧那個看起來很不吉利的黑色塑膠袋，這些東西都沒有沾上灰塵。

前來應門的山口太太，一臉不解地看著並肩而立的我和葉月小姐，又看向跟在我們身後的外公。

「哎呀！小山田先生，你好。」

外公沒回應，我用手肘碰了他一下。

「你好……」他低聲回應。

明明私底下都喊人家「老太婆」，現在卻聲音小的跟蚊子沒兩樣。

「這是聯絡板，晚了幾天才給妳，不好意思。」

這時，從屋內後方傳來呼喚聲——

「圭子、圭子！」聲音似乎愈來愈大。

「知道啦！我馬上過去。」山口太太回頭，朝著另一頭喊道。

「不好意思，我婆婆很囉唆。」

原來是山口先生的母親，因腰腿不便，需要有人協助才能移動。山口太太的婆婆原本住在岡山，由於上了年紀，所以搬來大阪和兒子同住。

「這就是老人照護囉！」

外公說這句時聲音特別大，山口太太露出像是發現蟑螂的表情。

「很辛苦呢！」

山口太太看向為了打圓場，故意大聲這麼說的我，用力點頭。

「就是呀！我們是有利用日照中心啦，但買東西之類的，還是很麻煩！」

放老人家獨自在家又不太放心，推著坐輪椅的婆婆一起去買東西又很累。

「就是啊！」

「不過，有時還是會帶她去外面逛逛。可是現在，不是有奇怪的病毒大流行嗎？太可怕了，真是傷腦筋啊！」

山口太太比著自己臉上的口罩，她的眼神只看著我和葉月小姐，似乎決定完全無視外公。

「如果不嫌棄的話，這個……」葉月小姐遞出四捲裝的廚房紙巾，以及一盒口罩。「請拿去用吧！」

「哎呀！這怎麼好意思。」

山口太太又做出上半身往後仰的動作。

就在我心想她又開始淩波舞時——

「真是太好了，兩樣都是消耗品呢！」山口太太一邊說著，一邊乾脆地收下。

「是啊！最近比較不怕買不到了。有陣子還鬧口罩荒呢！」

來上課的學員們，每天也是這麼對話。

「就是說嘛！竟然有人卯起來搶購口罩。」

用力頷首的山口太太，故意含沙射影地說出這句話，並沒有看向外公。

聽山口太太說，這一帶有不少獨居老人，鄰居們時常託她幫忙買東西。只不過，即便現在已經六月了，藥妝店還是規定廚房紙巾之類的用品（一人只限購一個），因此也很難幫忙代購。

「光是照顧婆婆就很不容易了，還要幫忙鄰居買東西，真的太辛苦了。」

「沒啦！不會啦！大家互相幫忙，互相幫忙。」

又從屋內傳來呼喊「圭子」的聲音，彷彿提醒我們趕快結束談話。

「光・是・照・顧婆婆就很辛苦——」

當我們離開山口家時，外公故意怪腔怪調的重複這句話。

「桐矢，你那個叫人聽了噁心的口氣，到底是怎麼回事呀？」

見我無視他的毒舌，外公拉高了嗓門。

「討那個老太婆歡心，不覺得難為情嗎？」

「小山田先生，你這樣會被孫子討厭哦！」

「什麼?!」

面對葉月小姐的直言不諱，外公面有慍色。

「我有個好主意。小山田先生，不如把你們家那些口罩之類的，分送給附近鄰居，如何？」

「蛤？」

只見葉月小姐拉著一臉驚詫的外公，走進屋裡。

「有塑膠布之類的東西嗎？」

「怎麼可能有！」

「那我回去拿。」

回家拿塑膠墊的葉月小姐旋即回來，並將繪有車子圖案的可愛塑膠墊，攤放在圍牆邊。然後把外公買來囤積的衛生紙、盒裝面紙、口罩還有廚房紙巾等，全都拿出來排排放。接著從自己背著的托特包掏出筆記本，寫上大大的〈請隨意取用〉，再用布膠帶貼在圍牆上。

「桐矢！你看這女人在搞啥鬼！」

山口太太因外公的這聲怒吼，開窗瞧個究竟。

「你們在做什麼啊？」

「小山田先生要把這些東西分送給住附近的人。」葉月小姐擅自宣布完，湊近外公的耳邊悄聲說：「這些東西要是放在家裡，桐矢就不會搬來跟你一起住，這樣也無所謂嗎？」

外公聞言霎時怔住。我看到他這樣子，忍不住想笑，總是抱怨女人多無趣的他，面對葉月小姐卻不知所措。

「要不要我告訴你們附近鄰居們的電話呀？」眼神透著笑意，手靠在窗框上的山口太太打趣地問。

「麻煩妳了。」

「你們居然擅自搞些有的沒的……」

外公先是用力攫住我的肩，隨即漸漸鬆了手。

我愈來愈能解讀外公的情感與行為模式，他是那種吃軟不吃硬的人。

「外公。」

「幹麼？」

「不管是口罩還是衛生紙都沒必要買這麼多，外公也只有一個嘴巴、一個屁股而已啊！」

「是只有一個沒錯，問題是要用的時候沒有就糟。」

「我去買。」

聽到我這句話，外公一時沒吭聲，半晌後，他眼巴巴地瞅著我。

「意思是……你會和我住？」

「不是，這個和那個……」

就在我含糊其詞地想解釋時，有位七十多歲的婦女走向我們。

「不會吧！這些真的可以拿嗎？」

「是的。我們買太多了，放著也傷腦筋。」

「這怎麼好意思。」

後來又來了好幾位。明明是免費拿取，還是有人掏出零錢放在塑膠墊上；也有人說那就拿東西來換好了，於是放了一袋焦糖玉米脆果；甚至有人記得小時候的我，笑瞇著眼說：「長這麼大啦！」

葉月小姐不知跑哪去了，可能有什麼事要忙吧？

「小山田先生，謝謝啊！」

好幾個人向外公道謝。

「偶爾也來老人會露個臉嘛！」

「喔喔，好！」外公難為情地點頭，耳根都紅了。

「太好了，外公。」

聽到我這句悄悄話的外公，鼻哼一聲。

這時，又有人靠了過來，我拿起一盒面紙，發現盒子背面有寫字：〈有備無患，我不想擔憂〉。

我唸著用油性筆寫的這兩行字。

「這是什麼？」

「日記之類的東西啦！」

「為什麼日記要寫在口罩盒背面？」

「不行嗎？沒什麼啦！我都忘了有這回事。」

「寫在筆記本上不是更好？」

「怕是還沒找到筆記本，就已經忘了要寫啥了。」

約莫過了兩個鐘頭後，擺出來的東西基本上都送光了。當我蹲下來折塑膠墊時，頭頂忽然有片陰影，是葉月小姐正在俯視我。

「辛苦了！這給你。」

她塞給我一個塑膠籃，像是百圓商店賣的白色四方形籃子，盛著幾個似乎是剛從庭院菜園採摘的青椒。

葉月小姐隨即轉身離去，我只能朝著她的背影道謝，只見她回頭嫣然一笑。

「如果桐矢住在這裡的話，我們就是鄰居了。」

「欸……」

「要是這樣就好了。好期待！」

心跳加劇，應該說心臟在體內彈跳，彷彿張開嘴巴就會迸出來似的。好期待！這是什麼意思？葉月小姐，其實我也是這麼想，葉月小姐。

「怎麼啦？桐矢。」

我突然「啊」的一聲，讓外公嚇得縮回碰觸我脖子的手。

好熱！無論是臉、手、還是全身都好熱，不知為何腦子一片空白。

「鄰居……」我怔怔地望著葉月小姐離去的方向。

「不會吧！你該不會看上她了?!」

外公怒吼著，他只有在說不該說的話時特別大聲。

梓希任職的〈KM清潔公司〉制服是水藍色連身工作服。「KM」是創立者，也是社長的名字「KANAE MATUYAMA」的縮寫，不明白為何要用英文拼音。

「這制服很清爽呢！」

這番話明明是出於好意，梓希卻不領情地「哼」了一聲。想說會來三個人，沒想到只來一位，畢竟清掃的不是什麼豪宅，要是耗費三個人的勞力肯定賠錢。

「妳接電話時，幹麼說自己叫Angel啊？」

「希望自己像個霹靂嬌娃（Charlie's Angels）囉！」

自覺Angel這英文名頗適合自己的梓希，為了報價昨天特地先來一趟。起初是想買清掃洗手間、浴室、廚房流理臺等「閃亮亮方案，七萬日圓」，但也想將微波爐、冰箱內外都清理得乾乾淨淨，最後決定購入全包的「特別方案」。

梓希似乎決定秉持在商言商的態度面對外公，「塗個有保護作用的氟，如何？」、「磁磚地板縫隙填個防霉素材，如何？」不斷追加品項，感覺她恨不得把外公身上的皮都給剝光似的。

不過，外公自始至終都緊守「不需要」策略，讓人見識到他的錢包有多麼難以攻破，形成一場相當白熱化的攻防戰。

要是把家整理得整潔乾淨，我就搬來一起住。這是我向外公提出的條件。

儘管他固執地說：「我自己清掃。」我據理力爭地說服：「必須借助專家之手，才能徹底清除汙垢。」外公總算屈服。雖然他抱怨：「還要花錢。」不過誠子阿姨她們也會幫忙擔付清掃費用，對外公來說，並非壞事。

梓希把藍色塑膠墊鋪在廚房地板上，然後拿出各種清掃用具和裝著清潔劑的保特瓶。那個道具要怎麼用？那個清潔劑是什麼東西？我很感興趣地望著這些工具。

「別在這裡礙事，走開！」梓希蹙處起眉心，不耐煩地說。

「欸？」

「欸什麼欸！對了，小山田義景呢？」

方才外公看著梓希抱怨了一陣之後，不曉得跑哪兒去了。

「我無法接受老頭這種生物，完全不行！」

「什麼老頭這種生物啦！」

「簡稱『老頭生物』。」梓希冷哼了一聲，繼續說：「拜託！要是有比寶可夢可愛個幾億倍，我就服了。就像公司管理階層那些老頭，還以為自己多了不起呢！他們認為周遭的人，尤其是女人，看他們的臉色過活是理所當然的事。所以啦，遇到我這種敢直接跟他們對槓的女人就沒輒囉！只好氣得半死，挾著尾巴逃走。拜託！別人之所以會奉承你，是因為你的職位，不是你這個人。而且啊，都已經退休那麼久了，還搞不清楚狀況，實在有夠可悲的！」

梓希碎念一陣之後，趕走始終靜默以對的我。

「我要開始工作了，你去別的地方吧！」

由於費用等其他各種因素，並沒有包含清洗窗戶，所以只好自己來。

「紗窗以洗車用的那種附把手刷子，刷乾淨就行了。玻璃的話，要先以泡過水的海綿擦拭洗淨，再利用刮水器去除水漬。」

昨天和梓希討論估價單時，一臉不情願的她給了許多專業意見。

我來到陽臺，正要用洗車用的刷子刷洗紗窗時，發現上面積滿黑黑的灰塵。

「天啊！」

我皺眉地把海綿泡進裝滿溫水的水桶裡，忽然傳來一聲「很棒呢！」。就在我東張西望時，又有聲音傳來「這裡、這裡！」

只見葉月小姐從後面那戶人家的窗戶探出頭來。坐在窗框上的她，今天沒戴口罩，臉上的黑框眼鏡之前見面時並沒有看過，因此一時之間認不出她。

「妳好。」我趕緊打招呼。

她和之前碰面時一樣，又噗哧一笑。**我到底是哪裡怪得讓她想笑啊？**

「很棒呢！還自己擦窗戶。」

實在很想叫她別再像稱讚小孩似地一直說很棒，但能再和她互動，真的很開心。**她今天給人的印象又不太一樣，真不錯啊！**

真不錯啊！這聲音在心裡愈擴愈大，呈現合唱團的氣勢。真不錯啊！葉月小姐真的很不錯啊！

「只是討厭髒亂而已。」

無論是家裡還是工作的地方，我都會主動清掃，想清掉看得到的髒汙。

「你真的很愛乾淨呢！」

「也許吧！」

別人稱讚我「很愛乾淨」時，十之八九都含有負面的意思。不敢碰電車吊環、車站樓梯扶手的我，曾被以前交往過的女生批評：「很麻煩！」嫌我很難搞。然而，葉月小姐不否定我這種個性，應該說她不在意這種事吧！

葉月小姐高舉雙手，做著伸展操。

「今天不必上班嗎？」

「是啊！妳也是嗎？」

葉月小姐目前任職於與照護相關的公司，工作尚未滿一年的她，總算有假可休，於是決定請假在家裡發懶。這是我們聊天時，她自己說的。

「這樣也不錯，請假在家裡發懶。」

真不錯，這個人真不錯！合唱團又開始高歌。會這麼想的人真的很酷！

「是啊！畢竟週日就沒辦法發懶了，家裡有小朋友要照顧。」

「欸？」

「我的孩子。」

她好像有個四歲的兒子。

「是喔！原來是這樣……」

我不曉得該如何回應比較好，只能反覆喃喃著：「原來是這樣……」

對了，想起外公曾說她是「回來投靠娘家的女兒」，我完全忘了這件事。是喔！原來她有小孩了。畢竟結過婚了嘛！有孩子也不奇怪，當然，沒孩子也不奇怪。

「呃……一定很可愛吧！」我好不容易吐出這句話，

「很可愛呢！」葉月小姐頷首，微笑地說：「實在太可愛了，我三不五時會像這樣緊緊抱住他。」

看著做出緊抱動作，身體微晃的葉月小姐，好想對她說：妳也很可愛！

「你們一起住嗎？」我伸手指著生田家，問道。

那是一棟與外公家差不多高、坪數大概也一樣的房子，就連老舊程度也差不多，搞不好兩家購屋的時間點也很相近。

「對啊！我爸媽、孩子和我，四個人一起住。對了，你有聽小山田先生說過什麼嗎？」

「沒有，外公不會提鄰居的事。」

「是喔……小山田先生人真好。」

「呃，嗯，是啊！」我吶吶地回應。

其實我只是不曉得要和外公聊什麼，也沒興趣聽他說，沒想到變成美麗的誤會，總覺得有點心虛。

「不像我家兩老總愛說別人家的八卦，有夠煩！」

「難不成也會說我外公的八卦？」

「嗯，對喔！有時候會……但不想轉述給你聽，不好意思啦！」

「沒關係。」我搖了搖頭。

「這麼說很是突然……桐矢這名字很好聽呢！」

「還真的很突然呢！謝謝。」

這名字真好聽呢！葉月小姐一再重複這句話，還用T恤下襬擦拭鏡片。實在很想告訴她用專用眼鏡布比較好，但想起以前我也曾如此糾正同學，結果對方一臉嫌惡地說：「你真的很囉唆吔！」所以話到嘴邊又吞了回去。

我把沾滿水的海綿一貼上窗戶後，霎時一道道茶色汙水開始往下流。為了避免弄髒雙腳，我現在的姿勢八成很像英文字母C；從後面看，也就是從坐在生田家窗框上的她看來，肯定相當愚蠢吧！

「我覺得葉月小姐的名字也很好聽。」

「是嗎？」

這麼好聽的名字很適合妳。我猶豫著要不要說出這句話，當總算下定決心，準備開口時——

「那個……」探出大半身子的葉月小姐，打斷我的話。

「小心！這麼做很危險啊！」

「想說，在你聽到鄰里傳的八卦之前，不如我先好好說明吧！我結過婚，之前住在京都，最近離婚搬回來。我從沒告訴別人為什麼離婚，但有些人說我是被家暴、搞婚外情之類的，這些謠言都不是真的。之後要是有人說什麼，希望你別信以為真喔！」

「知道了……我不是那種隨便相信謠言的人。」

「真的嗎？」

「真的！關於葉月小姐的事，我只相信本人親口說的。」

我停下正在刮水漬的手，回頭看向她。

葉月小姐微笑著用力頷首，「嗯」了一聲，隨即露出緩緩融化於咖啡中的奶泡般輕柔微笑。

「對了，青椒很好吃。」

我那天帶回老家，母親很開心。

「是喔？太好了。」

葉月小姐和她的孩子、父母似乎都很熱衷於家庭菜園。

「下次採收時再送你，我們還有栽植茄子、秋葵。」

「不，不好意思啦！」

「你收下就是幫了大忙。」

葉月小姐說完，便轉身離開，我繼續擦拭著窗戶。

就在我滿足地眺望擦得亮晶晶的窗戶時，樓下傳來門鈴聲。我趕緊下樓開門，卻不見人影，只有門把上掛著一袋蔬菜。

真想和她多聊聊啊！有些失望的我提著袋子走進廚房，瞧見地上擺著被拆解的換氣扇，梓希正在用清潔劑刷洗沾滿褐色汙垢的部分。

「你剛剛和誰在講話啊？」梓希探問道。

看來我們的交談聲連一樓都聽得到。

「住在後面的人。」

我一邊打開冰箱，一邊回答。想說喝個水，休息一下，待會兒要刷洗一樓的窗戶和樓梯扶手，而外公還沒回來。

就在我想著再清掃一下就好、再一下就好時，不知不覺已經傍晚。

整理完廚房後，接著又清洗了浴室和洗手間的梓希，拿出了一張請款單。

「這個拿給他。」她說完，便準備離開。

「自己人沒給折扣嗎？」

「我沒把小山田義景視為家人。」

梓希蹙眉說著，坐上車身印有公司名稱的廂型車。

「媽媽不是提醒過嗎？不要直呼外公的名字。」我一臉認真地提醒。

「直接叫名字有什麼關係，反正跟他又不親。」梓希硬聲說道，她搔著耳後，轉頭看向別處，接著轉移話題。「先別說這個了。你真的要住在這裡？」

「嗯，行李昨天就運過來了。」

「所以你有所覺悟囉？」梓希雙手交臂地瞅著我。

覺悟！果然是母女，和媽媽的口氣一模一樣。

「他現在還算健朗啦！只是年紀都那麼大了，不曉得哪天會出狀況。」

「媽跟我說，就算只一起住個三天、一個禮拜也沒關係。」

「怎麼可能啊！一旦住在這裡，肯定就不會丟下那個老頭不管，你這個人就是莫名其妙地溫柔啦！」

為什麼「溫柔」和「莫名其妙」這兩個詞會一起出現？

「我哪有啊？」

「就是有。」梓希斬釘截鐵地說：「有，絕對有！」

撂下這兩句話的梓希，又說了句：「走囉！」便乾脆地轉身坐上廂型車離開。

這車子應該改造過吧？我目送揚起轟鳴引擎聲的車子遠去，肚子像是突然想起似地咕嚕叫。

待梓希離開後，外公才回來，他雙手抱胸地站在廚房，「喔喔」地癟著嘴。

「果然請人來打掃很值得呢！外公，你看這冰箱、流理臺都變得好乾淨呢！」

「我是看不出有啥差別啦！」

「喔，是喔……」

實在不必刻意提醒有老花眼的人，他們有老花眼。

「這些蔬菜是怎麼回事？」外公看著葉月小姐給的那袋蔬菜，問道。

「啊！那是葉月小姐給的。」

外公轉身看向我，不再癟著嘴。

「哦——，你看上那個跑回來投靠娘家的女人啊！」

「蛤？我才沒有！」

我才沒有對她……。我吶吶地否認，從袋子裡取出富有光澤的茄子，雖然形狀不好看，但看起來頗美味。

「她有小孩。」

「有啥關係啊？女人生過孩子狀況最好哩！」

我沒再追問「狀況最好」是什麼意思，想也知道肯定是很沒品的事。

竊笑不已的外公，立刻從筆筒中抽出一枝筆，在梓希擱著的那張請款單上寫著：〈桐矢有心上人〉。

這是他怕自己忘記，隨手將想到的事記下來的習慣動作。當然這麼做不是什麼壞事，只不過這個家不時會出現寫上〈肥皂〉兩個字的面紙包，不然就是麵包袋出現字跡潦草的〈〇〇議員是蠢貨〉這幾個字。每次看到時都會怔一下。總之，不希望他連「桐矢有心上人」這件事都筆記。

「你就是適合找個某大姊。」

我默默地摺好袋子，心想：現在已經沒人在講「某大姊」這個詞了。

「她的屁股很好看哩！」外公又死纏爛打地補充道。

「不要再說了！」我拿起摺好的袋子扔向外公。「別再亂說了！」

「我哪有亂說啊？」

要他別色瞇瞇地看女人，是不可能的事，畢竟連我也做不到，只是希望他至少別在他人面前說出這樣沒品的話。也許對外公這種人來說，要求太高了吧？但超級白目的他，似乎也知道這番話真的把我惹毛了，因為我正不高興地噘著嘴。

「幹麼氣成這樣啊……我知道了，肚子餓了，對吧？我這裡有好東西喔！」

他那瘦骨嶙峋的手指指向流理臺下方，一打開，瞧見堆著好幾盒咖哩調理包，還有真空包裝的白飯。

〔和平金牌咖哩雞肉　中辣〕我盯著包裝盒上的字，照片上的咖哩看起來的確很美味，卻沒看到食材。吃著沒什麼料的咖哩有些不堪啊！

「可以用一下廚房嗎？不過才剛清掃好就是了。」

「隨便啦！」

我切著葉月小姐給的秋葵、茄子和青椒，然後在平底鍋裡倒些油，一放入浸溼的蔬菜，霎時發出「滋」的聲響與細細的泡泡。

「外公要吃嗎？」

「不要，現在才傍晚四點哩！」應該在哪裡用過午餐的他，搖搖頭拒絕，卻又緊盯鍋裡的秋葵，低聲嘀咕道：「看起來頗好吃啊……煮好能叫我一聲嗎？」

「嗯，一起吃吧！」

我用另一口爐子加熱咖哩包，再把白飯放進微波爐。最後將咖哩裝盤後，添上剛炸好的蔬菜。

裹著薄薄金色油衣的茄子發著光，輕咬一下，剝落的皮在舌尖上柔軟散開，些微甜味在口中擴散。青椒略苦，秋葵的口感也很有意思。

兩人就這樣默默地用餐了好一會兒。

「再吃一點。」外公展現旺盛食慾，一口接一口。

享用美食時，發現方才與外公之間的尷尬氣氛消散了，美食果然偉大。

「咖哩調理包，好好吃喔！」

蔬菜很好吃，咖哩也很美味，舀起一匙送進嘴裡時，裹著金色油光的咖哩滴落在飯上，緩緩暈染開來。鼻子深處與舌頭同時接收蔬菜與雞肉的鮮味，以及豐富的香料香氣；比母親做的咖哩味道更深沉、更複雜。就算沒有飢腸轆轆，也美味得令人難以置信。

「哈，當然美味哩！因為是我們的咖哩啊！」

外公埋頭猛吃，瞧都沒瞧我一眼。

「欸？」

「我們的咖哩怎麼可能難吃。」

外公放下湯匙，站了起來，從疊放在按摩椅上的相簿堆抽出一本，攤放在桌上，他翻著一張張黑白照片並排的相簿。

只見照片中幾個身穿西裝的男人，並肩站在〈和平食品〉的木製招牌前方，繫著粗粗的領帶，粗到讓人覺得好像脖子掛著一片魷魚乾。

照片一旁挾著標記（昭和四七年十二月）的紙條。

一九七二年，就是搬到這個家的前三年，那時外公和外婆還在一起。

「站在我旁邊的這個人叫尾木，就是這個戴眼鏡的。這傢伙在商品研發部，負責研發咖哩。他說為了試吃咖哩，好幾年都沒在家裡吃晚飯。記得咖哩調理包剛推出時，完全賣不動，我和這傢伙都很辛苦哩！」

「為什麼賣不動？」

「很多原因囉！」

視線落在照片上的外公，突然瞇起了眼。

★　★　★

女人這生物啊，覺得不管什麼東西都得搞一塊布蓋上才行嗎？我從昨晚就一直在想這件事。

妻子經常使用的熨板上，蓋著一塊碎花布，門把、暖桌也是。沒想到，連黑色電話的話筒和話機，都穿著像是嬰兒服的東西，電話下面還要墊一塊同花色做的鋪墊，撥打電話時，還得先掀開這個碎花玩意兒。

嬰兒服啊……原來如此，完全瞭解自己想到的比喻。女人肯定把家裡的東西都視為自己的孩子，非常非常愛護，為了不弄壞、弄髒它們，所以用布裹起來；就像覆在門把上的蕾絲套子，有如嬰兒帽。

這麼一想，就覺得自己一直以來被無數不會開口說話的嬰兒包圍、一起生活，頓時覺得好噁心，也就愈來愈討厭布罩子這種東西。

餐桌上放著只插了一朵花的花瓶，我不曉得這是什麼花，長得也不太出色，可能是從庭院摘來的吧？花瓶下方果然鋪著一小塊鑲著蕾絲邊的布，邊角還用紅線繡著像是花的圖案。

雖說我們是相親結婚，但沒那麼正式就是了。當時我寄宿在一戶人家，她是隔壁人家的女兒，長得並不特別美，反應還有些遲鈍。只因為房東太太說：「娶妻就是要娶這種有點憨憨的比較好。」我想說好像有道理吧！

畢竟結婚後就得一天到晚照面，如果娶個腦子聰明、才華洋溢的女人，只怕會一天到晚催著你趕快出人頭地、升職加薪。這怎麼受得了？要長久相處的話，還是和桐乃這樣的女人在一起比較輕鬆。

我就這樣，被講起話來帶著像是大阪名產，一種口感黏膩烤餅般口音的房東太太給說服。比起我和桐乃，房東太太和桐乃的雙親更積極，於是在他們的催促下，我也很快應允。

桐乃給人的感覺，就像房東太太所說的，問她：「好像快下雨了。」她就會給個雞同鴨講的回應：「晚餐吃魚，如何？」不過，她十分勤奮，無論是張羅三餐、清掃還是洗衣，都做得很周到。我的襯衫扣子不知何時脫落，她也會馬上縫好，家裡也總是整理得一塵不染。

她不是那種做任何事都很機靈的人，不過很愛乾淨，個性十分嚴謹，因此我對於她那什麼東西都習慣用布包裹的癖好，並未多言，反正保持沉默才是上策。

總之，桐乃絕不是惡妻，但我們就是無法心靈相契，而我也知道為何如此。

每次女兒們在玩鬧時，我看著坐在一旁有點弓著背，手上的針啊、棒針不停揮動的桐乃背影，甚至感受得到一股「其實我一點也不想嫁給這男人」的怨念。

我挪移插著一朵花的花瓶，把報紙攤放在桌上，望著田中角榮與周恩來微笑握手的合照。日中兩國友好外交，可以理解這是多麼重要的事，只是家裡實在吵得讓我無法專心追逐文字。

早餐已經擺上餐桌，白飯搭配豆腐、海帶芽味噌湯、燒海苔與玉子燒。桐乃做的玉子燒又甜又大，煎出來的顏色偏深，這是因為加了一點醬油的關係。

「媽，小俊又在我的課本上亂畫了啦！」

誠子一手拿著封底被蠟筆畫了好幾條紅線的課本，不知道在吵什麼。

「哎呀！幸好不是裡面的頁數被亂畫，不然可就沒辦法讀了。」

在廚房切芥菜的桐乃，一如往常地給了個雞同鴨講的回應。

「老師會生氣啊！」

誠子有著長女的認真個性，不管你說什麼，她會立刻回一句「老師會生氣」，而引發軒然大波。

「誰叫妳沒把課本收好。」

這麼說的美海子一副事不關己樣，啜著味噌湯，然後用筷子從玉子燒的中間切一半，放到自己的盤子。

手上握著紅色鉛筆的么女傻子，才六歲。即便年紀還小，也該知道不能在姊姊的課本上亂畫一通啊！真是個蠢孩子！

誠子滿臉通紅地抱著課本，很怕被老師責罰，她噙著淚抽咽地控訴。老師這玩意兒有這麼令人敬畏嗎？

自從全校在操場集合聽天皇廣播，老師以東張西望為由，用力掌摑我以後，我就完全不相信老師這生物了。反正學校本來就是一處讓人極度厭惡的場所，所以我從不出席女兒們學校舉辦的運動會、家長參觀日之類的活動。

很想告訴誠子不必對師長如此敬畏，卻又懶得向不停抽泣的女兒說明。

「趕快吃飯！」我以怒吼了結此事。

誠子嚇地縮著脖子，拿起筷子。

「哈，惹毛爸爸了。」

美海子斜睇著這一切，咯咯笑地說，傻子也噗哧出聲。

「笑什麼笑啦！」

誠子怒吼著，推了一下美海子的肩膀，味噌湯灑出了幾滴，這下子換美海子發出刺耳尖叫聲，最後就連旁觀者俊子也莫名其妙地跟著叫喊起來。

人家常說，三個女人聚在一起就是吵。一天二十四小時、一週七天、一年三百六十五天，女兒們總是吵鬧不休。

我用手指按著隱隱抽痛的太陽穴，索性疊起報紙，朝她們頭上各敲一記，起身離開飯廳。

我任職的〈和平食品股份有限公司〉，以前叫做〈小山田食品製造廠〉。小山田三郎太抱持著「希望不要再有戰爭，期望每個人都不再餓肚子」的祈願，於戰後把〈小山田食品製造廠〉更名為〈和平食品〉。

創辦人和我同姓一事看似偶然，其實並非如此。

創辦人小山田三郎太的父親和我一樣，也是出身佐賀縣的某個山中村落，村民有七成都姓小山田。現任社長西野幸吉，是小山田三郎太的第三個女兒的丈夫。

直到現在，公司每年還是會招募創辦人故鄉的高中畢業生。當初除了我以外，還有幾位同鄉畢業生也進了這家公司，可惜後來幾乎都離職了；理由不外乎是想家、工作太辛苦之類。而我和那些傢伙不一樣，並沒有一處可以回去的地方。

在親戚家長大的我，原本國中畢業後要到另一個親戚家拜師學藝，以後當個木匠師傅。幸好我國中成績不錯，得以順利升學。直到現在，每個月還得返還當初親戚「勉強擠出來」的學費。

「你應該也很清楚吧？無法供你念到大學。」親戚這麼說，我自己也很想趕快自立。在我寄宿的那戶人家，有個老頭子每次吃飯時都會露出一口黃牙，笑嘻嘻地調侃道：「寄宿的，吃第三碗飯時，可要偷偷摸摸地唷！」這傢伙明明也是寄人籬下，不知為何態度很囂張。不在乎別人蹙眉地瞅著他，總是吃飽吃滿。

我懷抱著夢想來到大阪，真心覺得能夠離開那個村子實在太好了，就連呼吸也變得舒暢多了。

當村子裡還是馬車當道時，大阪市內已是閃亮亮的汽車滿街呼嘯。四處都是自己長這麼大從未見過的高樓大廈，街上隨處可見身穿白衣的男人坐在地上，露出義肢向過往行人乞討，他們就是所謂的傷殘士兵。

光是這些光景，就已經讓我這個鄉下佬看得目瞪口呆。不過，〈和平食品〉工廠周遭，還是田地與葺著茅草屋頂的民宅，一派悠然景致。

起初我被分派到工廠，負責製作咖哩塊。日復一日攪拌冒著蒸騰熱氣大鍋子的我，比誰都快當上班長。就這樣約莫過了五年，從總公司前來視察的業務部部長注意到我，「你的聲音宏亮，很不錯喔！」就這樣，我被拔擢到業務部，之後每天都過著走訪百貨公司、市場小店的生活。

咖哩塊，無疑是〈和平食品〉目前的招牌商品。八年前以「孩子也能吃的咖哩」為目的，所研發的甜味咖哩廣受好評，加入由好幾種水果調製而成的配方，打造出獨特風味，一下子就成了日本孩童們最愛吃的料理，就連我們家三個女孩都瘋狂愛上和平咖哩。

然而，去年公司信心滿滿研發的咖哩調理包，銷量卻不盡理想，始終欲振乏力。「把咖哩做成一包包只需加熱就能立刻享用的一人份調理包」，初聽這番構想時，真心覺得這是劃時代的發明。不必每次都費心料理，可說是咖哩的革命。

對我來說，這是〈日清食品〉的速食麵問世以來，最重要的發明，可惜推出這項創新產品的公司不只有〈和平食品〉。

總公司同樣位於大阪的〈森山食品〉，早在三年前就推出日本第一個咖哩調理包「ＨＯＭＥ咖哩」。〈森山食品〉的母公司是〈森山製藥公司〉，他們活用點滴的殺菌技術，研發出調理包。

起初大家懷疑「能夠置於常溫且不會腐壞的咖哩，是不是加了什麼奇怪藥品？」後來幾家同業也開始研發這項商品，〈和平食品〉就是其中之一。

雖說我們是後來才跟進，但還是想做出一番成績，如果可以的話，希望能夠超越創始者〈森山食品〉，成為業界龍頭——這是西野社長的祈願與決心。無奈身為業務部的我們在推展業績方面，始終困難重重。

站在車站前的我，突然被人拍肩，回頭一瞧，原來是商品研發部的尾木。那頭硬髮八成是早上出門上班前，拚命弄成七三分頭吧！可惜被一路走來的風，吹得髮梢有點凌亂，加上走路時地上的沙塵揚起，促使他的那雙皮鞋有點髒汙。

「如何？還好嗎？」

「不怎麼樣囉！」

我和尾木是同期，大學畢業的他比我年長四歲，由於他笑著說：「講話還用敬語怪彆扭的。」彼此就一直以平輩相待。

車子從滿頭大汗的我們身旁呼嘯而過。

「SKYLINE 呀！開那種車飆車，肯定很刺激吧！」尾木顯得很興奮，隨即哼歌似地說：「Ken 與 Mary 的 SKYLINE ——」

我則是沒料到前陣子才剛推出的新車款，居然已經在街上跑，一時之間驚詫得無法回應。

面前矗立著正在施工的大樓，還記得女兒們興奮地猜測，「會是什麼商家進駐？」、「要是麥當勞就好了。」、「麥當勞怎麼可能開在這種地方啊！」爭辯了一會兒後，肯定又有誰一把鼻涕一把眼淚，每次都這樣。

真的不可能開在這種地方嗎……？確實如此。去年全日本第一間麥當勞，在東京銀座開幕，美海子的同學到東京的親戚家玩時就去過，還在同學面前炫耀一番，這讓美海子羨慕不已。

不管是我、桐乃，還是女兒們，都只見過出現在電視節目裡的漢堡。看著從麥當勞開店以來始終大排長龍的新聞報導，店裡座無虛席，年輕人邊走邊吃這玩意兒。有必要刻意邊走邊吃嗎？實在無法理解，找個地方坐下來吃，不是更好？

不，這不是重點；老實說，我已經跟不上時代了。雖然大家都說平均所得從十年前就開始倍增，這世界的發展愈來愈好，我卻不這麼認為。世上明顯區分為不斷前進的人們，與始終原地踏步的人們，而我屬於後者。

工地現場竄起的塵土，搔得我鼻子發癢。大樓一旦竣工後，車站勢必看起來更加窮酸吧！車站是一棟木造小屋般的建築，洗手間時常隨著風勢飄出的惡臭，總讓人上班前就噁心得想吐。

「你那邊如何？」

面對我的詢問，尾木只是聳聳肩，出示月票給站務人員檢查，我也依樣畫葫蘆。插在站務人員制服胸前口袋的銀色剪票鉗，在陽光的反射下，發出耀眼的光，刺激著我的雙眼。

忘了是幾年前的事，長女誠子曾哭著說她也想要一把會發出啪嘰啪嘰、用來剪票的剪票鉗。怎麼會想要這種東西？完全不懂。當時桐乃還安慰道：「等妳將來成為站務人員，就會有一把這樣的剪票鉗唷！」

月臺上一如往常擠滿上下車的人潮，抵達公司前，我不由得嘆了一口氣。電車裡又悶又熱，混在西裝男人群中的女人們，頻頻用白手帕按住額頭。尾木用扇子搧臉時，還被旁邊的男大生一臉嫌惡地斜睨。

男人大多身穿綠色格紋衫；女人則是紅衣、黃衣等各種顏色，還有人的褲子又大又寬，也有裙子短到露出膝蓋。這些服裝都各有名字，只是我就算聽過也記不住。家中不時會聽到關於女裝的詞彙，可能是我興趣缺缺，總是聽過即忘。

我的面前坐著一位正在翻看雜誌的年輕男子，〈平凡〉的鮮紅字體躍入眼簾，封面是一對面帶微笑、身著泳衣的男女。而站在我旁邊的年輕女子，頻頻在撥弄自己的瀏海。

「搆得著嗎？」尾木瞧了車廂吊環一眼，又看向我，笑著揶揄道。

他總是喜歡拿我的身高開玩笑，我也不干示弱地斜睨他的鮪魚肚回敬。

「哦，你那邊不擠嗎？要不要換位子啊？」

「和平金牌咖哩的風評如何啊？」尾木上推了一下眼鏡，問道。

抓著吊環的我「唉——」地嘆氣，從上個月開始改變咖哩配方，他就一直很在意市場反應。

「喔，嗯！」雖然早就料到會被問，我還是假咳一聲，試圖打馬虎眼。「之所以賣不好，大概是包裝設計有問題吧？」

我把成敗歸咎於設計包裝盒的廣告宣傳部。盒子上印著大大的咖哩，其實放咖哩照片沒什麼不好，我不滿意的是〈Peace Curry Golden〉這排黃字的色調太淡了。應該是色彩更鮮豔、更能誘發食慾的黃色，而不是小雞的那種淡黃色，連我這種對於設計一竅不通的人也知道這般差異。

「是喔！」尾木嘆氣。

當初研發咖哩調理包時，尾木他們過著一日三餐，三百六十五天都在吃咖哩的日子，畢竟從事研發工作一定得試吃。光是在公司試吃咖哩就吃飽了，也就吃不下老婆烹調的飯菜。

我和業務部的其他同事，也被叫去試吃過好幾次。儘管他們熱切追問：「洋蔥多加熱了五分鐘，吃得出味道不太一樣嗎？」不然就是「多加了兩公克的生薑，覺得如何？」我還是說不出個所以然。或許吃不出味道有何差異，是因為被幾個額上頻冒青筋、身穿白袍的男子，一直行注目禮的關係吧！

就算我一再強調：「非常好吃！目前的製作方法和味道就很完美。」尾木他們還是不滿意，睜著滿布血絲的雙眼說：「應該還有讓咖哩變得更美味的方法。」也許他們覺得銷量不佳，是因為味道不夠好的緣故吧？

「我們的咖哩比HOME咖哩還要美味好幾倍，但他們的包裝，你看，這個設計真的很不錯。」

「HOME咖哩」的盒子採鮮豔的黃色與紅色設計，十分醒目。我想讓尾木明白銷量不佳是因為這差異，我自己也希望如此。

我更期望別人認為我和櫻井的能力不分軒輊。〈森山食品〉的櫻井比我小一歲，坦白說，我不喜歡這傢伙。從我們在客戶西熊百貨公司初次巧遇的瞬間開始，就非常討厭他。只見櫻井像在嘲笑我只有嗓門大這優點似地掩嘴笑說：「和平食品的業務，還真是氣勢十足呢！」這傢伙不管是外表還是動作，都給人有點娘的感覺，膚色白皙，活像女人的面容與纖細的手，舉手投足都讓我惱火不已。一想到他，我那抓著吊環的手就不由得用力。

總之，想到櫻井，我的情緒就莫名激動，這是不爭的事實。

「森山食品那個叫櫻井的傢伙，有夠惹人厭。」

「有這種傢伙喔？」尾木看向車頂，笑著反問。

「一點男子氣概都沒有，現在的女人可能很喜歡他這一型吧？我看他啊，八成是以美色誘惑商店街的婆婆媽媽來搶單的！」

「這是哪招啊！」

感覺批評櫻井一事，讓我和尾木的同性情誼越發高漲。

「不過就是咖哩罷了。」曾聽別人這麼貶抑自己的工作，腦中總是迴響著某個人的嗓音，打從開始業務這份工作就一直聽到這樣的聲音。

「咖哩就是要準備一大家子的分量，用大鍋子滾煮，幹麼刻意分成一袋一袋吃啊！這東西會好吃嗎？」也聽過這樣的批評。「我們家才不會搞這種東西來吃呢！」商店老闆忿忿地說。

只有在批評櫻井時，這些批評才會遠去。

咖哩調理包賣得不盡理想，不是我和尾木的錯。這麼一想，就覺得身體、心靈輕盈許多，彷彿嘴裡含著薄荷般清爽。

☆　☆　☆

醒來的瞬間，我不知自己身在何方。

要是連續劇、漫畫之類的創作，通常這時身旁會睡著半裸或全裸的陌生人，或是躺在病床上；不然就是為了創作前衛藝術，手腳被縛住躺在倉庫的地上。

當然，如此無厘頭、戲劇化的情節，並不會發生在我身上。

抬頭望見的天花板，證明我是在外公家的客廳，旋即想起昨晚聽著聽著就這樣睡著了。不知何時蓋在身上的棉被有點霉味，心想：應該很久沒拿出去曬了吧？趕緊悄悄摺好。

或許是因為大掃除太過疲累的緣故，瞄了一眼時鐘，已經早上六點了。我從來沒有不洗頭就倒頭呼呼大睡，頓時心情很差。幸好還記得刷牙，真是太好了。

嘴角總算放鬆的我，撫著胸口思忖著。

昨晚邊吃咖哩邊聽外公聊往事，聽到一半時，我硬是打斷他的話匣子：「等一下，我去刷個牙。」不顧氣憤的外公，衝到浴室裡。我實在無法忍受吃完東西不刷牙，這一點還請見諒。

傳來水聲，洗手間的門開啟。

「起來啦！」外公瞅著我說。

「嗯。」

「睡得可真熟啊！怎麼搖怎麼踢都叫不醒。」

「踢？外公，你踢我？」

說只是輕踢而已的外公，走過我身旁，以緩慢的動作開始泡茶。接著詢問我要不要喝時，我瞥見他手上的茶壺、杯子都沾著茶垢，趕緊婉拒：「謝謝，我不喝。」心想等一下再全部拿來漂白吧！

「就算下手再怎麼輕，也不能隨便踢人啊！」

「哈！比起我們年輕時，下手可是溫柔多囉！以前啊，都是把喝醉的傢伙直接扔進池子。」

看著將如此可怕的事視為美好回憶的外公，我的頭就感到好痛。什麼叫做比起我們年輕時，下手可是溫柔多囉？

感到十分傻眼的我，起身走進浴室，看見無論是浴缸還是鏡子，都洗刷得閃閃發亮。梓希真的好厲害，果然是專業人士。

外公似乎還想聊他「年輕時的事」，不管我是不是還在浴室，直接就闖了進來。我一邊用吹風機吹乾頭髮，一邊敷衍地回應他的饒舌。

說得難聽一點，再也沒有比老人家聊當年勇更無趣的事了。反正他們肯定只挑自己的風光事，東拼西湊地說個不停。

我步出家門時，剛好遇見騎著腳踏車的葉月小姐。

「唷！桐矢，早啊！」

「早安。」

腳踏車後座安裝的孩童用座椅上，坐了個戴著藍色帽子的小男孩，穿著像是體育服的上衣與褲子。這身衣服應該是托兒所的制服吧？但他手上不知為何握著保鮮膜的紙軸。

「早啊！」

我主動向小男孩打招呼，他抬頭直盯著我，沒有回應。

「你叫什麼名字呢？我叫佐野桐矢。」

他還是沒回應，依舊一臉嫌煩似地看著我。

「這孩子名叫『弦』。」

漢字是弓部旁的弦，我花了幾秒對照漢字。原來他叫「弦」啊！

「弦樂器的弦，對吧？」

「對喲！也能這樣說明呢！」葉月小姐睜大雙眼，恍然大悟地說。

「也可以說是上弦月的弦。不過，葉月小姐的說法比較容易懂。」

明明都已經直呼對方名字了，我卻還是有些蹋促。

完全沒有察覺我緊張情緒的葉月小姐，微笑地推著腳踏車。

「我覺得上弦月的弦，這說法比較酷。」

感覺和孩子在一起時的她，散發出來的氣質不太一樣。實在很不喜歡以「有著母親的模樣」這句話來形容，而且也不明白為何要如此看待別人，若可以的話，非常不想用到這句話。總之，就是這麼回事。

突然覺得手肘有點痛，好像是小弦用保鮮膜紙軸敲了一下我的手。

「真是的，不可以這樣！」葉月小姐尖聲責備道。

「沒關係啦！」我伸手制止後，試著向他搭話。「小弦，這是武器嗎？」

「刀子啦！」小弦直盯著我，說是瞪也行。

「是喔！原來是刀子啊！」

「男孩子就是喜歡拿著可以當作武器之類的東西。桐矢也會這樣嗎？」

葉月小姐是獨生女，似乎不曉得該買什麼玩具給男孩子比較好。

「這個嘛……」我含糊回應。

驀然發現自己小時候對於武器之類的東西，好像沒什麼興趣，也不會想到用保鮮膜紙軸來當作武器。

我雖然會看主角是英雄類型的電視節目，卻沒有特別喜歡，只是想說在托兒所和別人玩遊戲時，可以順利地融入群體，算是為了社交而刻意培養的興趣。即便那時年紀還小，無法清楚表達，但就是這麼回事。

葉月小姐聽完我的陳述，口罩底下迸出笑聲。

「桐矢真的好有趣喔！還刻意培養興趣。」

「是喔？」

「你這麼體貼，肯定朋友不少吧？」

「沒有吔！不多。」

這種刻意培養興趣的心態，只到托兒所為止；就讀小學之後，我就只對自己喜歡的東西感興趣，也會與不投契的人保持距離。就某種意義來說，我變成了非常傲慢的人。

倒也不是沒朋友，只是不到「搞小團體」、「結黨成群」的地步，反正這些都是那種受歡迎之人才有的待遇。

不只外公，我對於習慣把「我們」這詞掛在嘴邊的人深感棘手。很想請他們不要輕易說出類似共同體的詞彙；也不要自以為是地和別人稱兄道弟、勾肩搭背；

不強迫別人接受，「一起幹壞事的傢伙最酷」這種蠢觀念；更別要求我認同，可以容忍笨蛋，但不能容許窩囊廢之類的世界觀。我不否認「男人是笨蛋」這說法，只是可別算我一份。

「我只有一個從學生時代就在一起的好友，只不過他不喜歡出門，所以我們一年只見一次面。」

「不覺得寂寞嗎？」

「不會啊！」

「不想交朋友嗎？」

機會。這詞在腦中閃滅。

「我想和葉月小姐成為朋友。」

「哦，和我們嗎？」葉月小姐瞇起眼眸。

我們。這詞似乎是指葉月小姐和小弦。

「如果不嫌棄的話。」

成功交換了聯絡方式。**是的，朋友！**若是以這名義接近的話，比較沒什麼顧慮吧！況且葉月小姐看著我長大，應該很難把我視為談情說愛的對象吧？與其談一場有勇無謀的戀情，不如以朋友身分相處更自在。

「那我們先走囉！」跨上腳踏車的葉月小姐，颯爽地舉起一隻手說道。

我也揮了揮手，小弦則是勉為其難似地揮動手上的刀——保鮮膜的紙軸。

第三章　乾咖哩——飯上放顆荷包蛋

☆　☆　☆

聽人家說，人不管幾歲都能改變，真的是這樣嗎？

若真是如此，冀望外公能有所改變。倒也不是希望他變了一個人，該怎麼說，只是不希望他的想法、觀念等其他方面都如此守舊。

無奈對他來說，有著「一直以來都是這樣」的束縛，而且是超過八十年的包袱，所以要他捨棄這個，換上別的東西談何容易。

就某種意思來說，明治維新還真是厲害。我處理完工作，一邊關掉電腦的電源，一邊細細地思考這件事。自己所面對的只是一個人幾十年來的習慣，明治維新要推翻的可是持續好幾百年的沉痾。

不過，就算我生在那時代，也不會青史留名。「欸？不、不，那個，我覺得這樣不太好。」就在我怯弱之際，與同事聚餐的地方發生了像是池田屋事件[4]的意外，於是我莫名其妙地被捲入，莫名其妙地死去，就是這樣的無名小卒吧！

其實根本沒必要追溯到幕末時期，就算跟外公同世代，像我這樣的人肯定會被說「沒有男子氣慨」，而被排擠。

外公年輕時的社會環境，遠比現在單純許多，不是嗎？只要在適當的時機就業、結婚、擁有自己的家、生了孩子，就是所謂的「成家立業」。然則對於活在二〇二〇年的我來說，並沒有這種「不顧一切往前走就對了」的方案。

「過著只是走在早已鋪設好的人生軌道。」這般被視為無奈的說詞，並不適

注4：池田屋事件，日本江戶時代後期一八六四年，負責維護京都治安的新選組，突襲位於三條河原町的池田屋旅館，襲擊在此集會的尊攘派。

用於現今時代，因為有這種際遇反而是有福之人。所謂價值觀多元化，除了意味著自由隨意，其實也很嚴苛。我們只能用自己的腦子思考，不停地判斷怎麼樣才能過得更好。

我把今天要用的筆排成一列，用滅菌濕巾擦拭，這也是每天早上到公司時必做的事。儘管是我一直以來的例行步驟，但現在正值全體國民莫不認真防範細菌、病毒入侵的時期，我的這個習慣無疑成了最佳示範。

辦公室的門開啟，原來是新谷。

「我看你都很準時下班呢！」雙手交抱的他，倚著牆說道。

「嗯！」我抬眼看向他，點點頭。

新谷長相十分端正，卻沒什麼表情，時常不曉得他到底在想什麼？最近可能是戴口罩的關係，比較疏於整理頭髮，瀏海有點遮住了眼睛，也讓他看起來更令人捉摸不定了。

「為什麼總是準時下班啊？」

「呃，那個，因為下班時間到了。」

畢竟有一定的工時，時間一到就下班，也是理所當然的事。

新谷微微搖著頭，撩開遮住眼睛的瀏海，露出閃著些許光芒的雙眸。

「我也是準時下班一族。」

「喔，嗯！」

「看來我們很合得來呢！」

這句話在我聽來，就像是「一加一等於二，團結力量大，所以我們很合得來」的意思。

新谷看著不知如何回應的我，乍然「啊」了一聲。

「對了！佐野，有人找你。」他嘟囔道。

「誰啊？要是來賣保險的話，就請他回去吧！」

「不是，是個我沒見過的歐吉桑。」

聽新谷說，感覺對方是個很強勢的人。

「對不起，不好意思！」我旋即連聲道歉，奔出辦公室。

外公該不會對新谷說了什麼失禮的話吧？

只見外公雙手撐在櫃檯上，撇著嘴。一看到我，隨即大吼一聲「喔！」還留在大廳的幾名學員一齊看向我們。

「我來接你！」

誰要你接啦！只想趕快遠離這裡的我，焦急地扯著外公的手。外公身穿白襯衫搭配般若面具的繩狀領帶。般若？打扮？他還特地打扮一番？

「這裡就是你工作的地方？」外公東張西望地環視大廳，而且嗓門特別大。

「好多人喔！閒閒沒事幹的老人還真多啊！」

「別說了，拜託！」

我把外公推進電梯，不停地按鈕，電梯門總算緩緩關上。無奈安心僅僅一瞬間，原本應該下到一樓的電梯居然停在最高樓層。

電梯門開啟，只見北野丸女士似乎沒察覺電梯到來，隻手托腮低著頭。

「北野丸女士。」我喊道。

「喔，佐野啊！」她抬起頭回應，態度卻有點不自在。

我們並肩而立，北野丸女士的個頭只到我的肩膀，本來就嬌小的她今天顯得更瘦弱。

「啊！北野丸女士，這是我外公。」

這時，電梯下到一樓，步出電梯的北野丸女士行了個禮。

「敝姓北野丸，一直受到佐野的照顧。」

「我叫小山田。」

兩人對視，沉默數秒後，又看著彼此。

「小山田先生……」北野丸女士邁出一步。「莫非你是曾任職和平食品的……小山田先生？」她撫著胸口說：「我是西熊百貨公司的……」

「妳是小幸！」外公雙眼圓瞠。

小幸？怎麼回事？

出了電梯之後，我就一直交互看著兩人不停地「哇！」、「是喔！」、「哎呀！」、「哦——」

北野丸幸子，舊姓田村，曾任職梅田的西熊百貨公司食品賣場。

「虧妳還認得出來啊！」

這麼說的外公撫著自己的臉頰，明明都已經成了老頭子。

「我怎麼可能忘了小山田先生呢！」

「嘿嘿嘿──」外公難為情地搔頭，發出詭異笑聲。

是我太敏感嗎？總覺得他的背挺得比平常來得直。原來人就算活到八十好幾，在異性面前還是會裝酷。

「小幸是來學什麼？妳總是那麼積極好學。」

剛才明明還在說「閒閒沒事幹的老人還真多」，現下真叫人無言。

「防身術。」

北野丸女士回應時，通往外頭的自動門突然開啟，嚇得她微微顫抖。

「防身術啊……」

可能沒想到是這樣的答案，外公有點怔住。

「沒錯，北野丸女士正在學的是俄羅斯軍隊的格鬥術，也是最近非常受歡迎的課程呢！」

「是喔……我幹麼問這種蠢問題？」外公悄聲咕噥道。

我心想：他又亂說話了。幸好北野丸女士好像沒聽到似的。不對，不確定她是不是真的沒聽到。

從方才只要自動門一開啟，北野丸女士就顯得有些驚慌，講話也心不在焉。

「有什麼煩心事嗎？」

面對我的詢問，北野丸女士蹙眉。

「沒有，沒事！」她猛搖頭，樣子明顯不太對勁。「沒什麼，真的沒事！」

我和外公不約而同地互瞅一看。

要是對方不能說或是不想說的話，就應該停止追問，畢竟不能過於涉入學員的私事，但總覺得北野丸女士欲言又止。

「一起去喝個茶吧！」

外公不待北野丸女士回應，便逕自往外走。無視對面就有一間星巴克，他毫不遲疑地往前走。莫非他勘查過這一帶？即便他以前是跑業務的，那也是幾十年前的事了。

外公指著一塊招牌〈地下1F喫茶Ｒｏｓｅ〉，有道樓梯直通大樓的地下室。

以復古字體書寫的「Ｒｏｓｅ」，還點綴了兩朵紅色薔薇花瓣。

「我們去那裡吧！桐矢。」

外公說完，打頭陣地先走下通往地下室的樓梯。

「真是不好意思，我外公就是這樣。」我悄聲道歉。

「別這麼說，都怪我不敢一個人走出去。」

北野丸女士搖了搖頭，垂著眼，輕輕點頭向我道歉。

果然這個人有什麼難言之隱。

「我完全不知道你們認識呢！原來北野丸女士以前在百貨公司工作啊！」

「年輕時囉！畢業後就工作，後來因為結婚而辭職，只做了短短幾年。」

我們坐在昏暗店內，我和外公各點一杯咖啡。

喝紅茶的北野丸女士，只要店門一開就像驚弓之鳥一般。

「小幸，妳是不是遇到什麼麻煩事？」

面對外公的詢問，北野丸女士端起形狀有如薄薄花瓣的紅茶杯，猶豫著該如何回應。

「妳就說說看啊！」外公探出身子。

北野丸女士原本是說「那個人」，後來又改口「那個男人」，原來她最近被某個男人給纏上了。

儘管天人永隔令人悲傷，十年前喪夫的她卻說：「這麼說雖然不太好，不過我現在一個人過得很自在又愉快。」只是周遭親友都認為人生還很長，勸她交個年紀相當的對象。

「要不要找個一起渡過餘生的伴侶？」每次有人這麼問時，她總是四兩撥千金。有自己的興趣，兩個兒子也各自成家，就算和孫子們無法時常見面，還是很期待看到他們逐漸長大，也不時出門和朋友相聚，每天過得相當充實。

「當然難免有覺得孤單的時候。然而，無論幾歲、無論和誰在一起，都會感覺寂寞，不是嗎？」

北野丸女士口中的那個男人，是她來我們這裡上課之前，在英語會話補習班認識的人，名叫田邊勝一。對方比她小兩歲，今年六十九歲，四十幾歲時離了婚，沒有孩子。明明北野丸女士也沒有詢問，他卻主動告知這些私事。

當初因為他說：「忘了帶筆。」北野丸女士才借給他一枝筆。從此每次碰面時，田邊就會送她東西；倒也不是會讓人婉拒的高價之物，而是一罐咖啡、親戚寄來的梨子之類。

沒想到對方不僅送東西，還邀約一起喝茶、吃飯，甚至冒失地問：「要不要一起去過夜旅行？」北野丸女士不斷地拒絕，從那之後，她開始覺得田邊這個人很可怕。即便對方不斷追問她住在哪裡，她也堅決不透露。

「今年年初，我去我家附近的和菓子店買東西時，竟然遇到那個人。」田邊居然笑著說：「妳最喜歡的糯米糰子今天賣光了。真可惜啊！」北野丸女士很喜歡吃糯米糰子，也常去那間店買，但從沒告訴過他。

「搞不好他偷偷跟蹤你。」

「好像是。」北野丸女士神情憂鬱地眉頭緊鎖。

越想越害怕的她，後來索性不再去英語會話補習班了。剛好那時新冠肺炎疫情開始嚴重，不去上課也是理所當然的事。由於防疫自肅的關係，暫時得一直窩在家裡，而這對北野丸女士來說，真是因禍得福。

「可是前幾天，我去我家附近的商店街買東西時，又遇到了田邊先生。」田邊強調是「巧遇」。要是他明確提出交往，就能斷然拒絕；討厭的是，之後又不時會遇見他，老是說什麼「好寂寞」、「好痛苦」之類的話，搞得北野丸女士不知如何是好。

「所以妳才學防身術呀？」外公用力頷首，終於啜了一口冷掉的咖啡。

「不只是因為這樣。」

田邊最近又裝作偶然現身在我們才藝中心，甚至編了個理由，尾隨她一路到車站。北野丸女士曾鼓起勇氣問他：「你是在等我嗎？」他卻笑道：「沒有啊！」還說：「北野丸小姐，妳對自己還真有自信呢！」

用對方的話反過來羞辱對方，真是有夠卑鄙。

「就跟他挑明了說，不要再接近我，不就得啦！」

外公嘆了口氣，迸出這句話，完全搞不清楚狀況。

「外公，畢竟對方是個要是處理得不好，反而會刺激他不曉得做出什麼事的傢伙，所以要謹慎些才行。」

「沒錯沒錯，就是這樣。」

北野丸女士點頭如搗蒜。

「但也總要想辦法解決啊！」外公雙手交臂地說。

對於我建議「報警處理」一事，北野丸女士搖頭反對。

「像我這樣的老太婆，還鬧出這種事，只怕會被笑吧？」

「才不會呢！」

「小幸還年輕，才不是老太婆！」

我的反駁聲與外公的辯駁聲重疊著。

其實我之所以建議報警處理，是因為我們無法擔責。縱使外公基於老交情想要出手相助，我卻無法這麼做，除了不能與學員的私事有所牽扯之外，這種事也不在我的職責範圍。我明白北野丸女士有多麼苦惱，也很想幫忙，但實在不太想捲入麻煩事。

然而，外公完全無法理解。

「男人就該保護女人！」

回家後，他依舊重複這句話。我無視他的叨念，開始準備晚餐。

外公幾乎不下廚，卻買了五盒〈和平食品〉的咖哩塊存放。沒想到，前幾天他又買了五盒甜味咖哩塊，還對我說：「煮這個吧！」現下我只想趕快消耗完這些咖哩塊。

用小火溫熱切碎的生薑與大蒜，立即竄出一陣香味。再從冰箱拿出前幾天切好的洋蔥與雞絞肉，連同汆燙過的罐頭大豆一起用平底鍋快炒。

食材都是在超市採買到的，洋蔥是事先切好，雞絞肉則是分袋冷凍，料理時，只要拿取要用的分量就行了，十分方便。這是名叫矢口的兼職員工分享給我的方法。

我用一旁的爐口熱鍋，打了兩顆蛋。

「外公叫她小幸，你們交情很好嗎？」

我一邊削著咖哩塊，一邊詢問獨自坐在客廳生悶氣的外公。

「是啊！她是個對誰都很親切的可愛女孩。」

聽外公說，當年他負責小幸，也就是北野丸女士任職的西熊百貨公司，起先一直很不順利，後來好不容易才簽約成功。

實在很想說，應該是因為外公死命糾纏才會被討厭，造成業務推展不順利，但現在還是別打槍比較好。

「那時說到咖哩啊，一般都是用大鍋子煮，所以大家都覺得每次加熱一餐分量的作法，實在太麻煩了。幸虧小幸憑著她年輕的感性給了許多建議，真的非常幫忙啊！」

「還真的是幫了大忙呢！」

沒錯！外公雙手交臂，點點頭。

「應該是感受到我的熱誠吧！嗯，一定是的！小幸她啊，家裡開五金雜貨行。戰後黑市興起，記得那時有個曉市場，是令人懷念的商店街，市場就在車站附近。對了，就是沿著河邊的那一帶。」

我拿起手機，搜尋『曉市場』，找到名為『曉市場』的商店街網頁，由於設計得有些粗糙，看起來不太像官網。

戰後〈曉市場〉成了當地人的最愛，後來更名〈曉商場〉的這條商店街，於今年十月吹熄燈號。介紹文下方繪著頭戴奇怪紅色頭巾、低頭行禮的吉祥物。再試著搜尋所在地，原址已經蓋了大樓。

「小幸他家的五金雜貨行就開在曉市場裡，所以她還幫忙介紹認識的食品店家給我……」

外公滔滔不絕地說著，我的心卻在思索北野丸女士面臨的問題。

大多數身為旁觀者的人，只會在一旁下指導棋，「那麼做比較好」、「這麼做比較妥當」淨說些不負責任的話。

其實我也是如此，總是不自覺地迸出「不是早就說過了嗎？」這句話。但這次不一樣，不能再說了風涼話之後，還當作沒事。

總之，我決定先上報公司。

我將做好的乾咖哩裝盤，還放上一顆荷包蛋。

「怎麼咖哩湯汁這麼少呀？」一臉詫異的外公用湯匙舀了一口送進嘴裡，喃喃道：「好吃！」再用湯匙切開荷包蛋，霎時流出濃稠的金黃色蛋汁。

「如何？好吃吧！乾咖哩不必煮太久，一下子就可以弄好，也可以冷凍起來存放，很方便。」

「喔，舌頭有點麻哩！」

「應該是加了生薑的關係。矢口小姐……我同事說市售的生薑膏也行，但我還是比較喜歡現切的生薑絲。」

「哦——，是喔！原來如此啊！」

享用咖哩時的外公，看起來心情很好，也比較好相處。

我發現只有一起吃飯時，才能和這個人稍微和睦共處。

★　★　★

「不會吧？又是咖哩？」我的喃喃低語，明顯透露失望之意。

「對不起！」尾木像烏龜似地縮著脖子，歉疚道。

一早從漫長的會議解放後，想說去商品研發部找一下尾木。尾木和其他人正挽起白色衣袖，忙著削馬鈴薯皮，說是想換別的馬鈴薯品種，嘗試研發出不一樣的口味。

商品研發部辦公室飄散著一股獨特的味道，排放在抽屜裡的香料，像是有助於身體健康的中藥。只不過但在這裡工作的尾木他們，卻總是神情憔悴，活像在鬧腸胃病的老人。

我們在會議上被狠批業績太差，社長卻只會高喊「為啥」、「為啥」。拜託，**我也很想問為啥？到底是怎麼回事呀？明明都那麼努力了，為何業績就是不見任何起色？**

想說去商品研發部晃晃，轉換一下心情，但看到那些傢伙心事重重的臭臉，反而更低落了。

「要不要一起去外面吃午飯？」

我這麼邀約是有理由的，其實很想告訴他：**偶爾也遠離一下咖哩吧！**不管是吃烏龍麵還是什麼都好，只要吃些不一樣的東西，心情也會開朗些。

「這樣的話，我有想去的店。」

這麼說的尾木，朝著和烏龍麵店完全相反的方向前進，來到一間掛著〈牛筋咖哩〉招牌的店家。

「不會吧？又是咖哩？」我不由得脫口而出。

吧檯位只有六張椅子，店面很小。想說怎麼都沒問我們要點什麼，原來只賣牛筋咖哩這一道。兩位先來的客人都坐在最裡面邊吃咖哩，邊盯著電視報導昨晚貓熊從中國來到日本的新聞。

電視螢幕上映著飄揚的日之丸旗與中國國旗，飛機的艙門開啟著，還有一堆架好攝影機的記者們，以及應該是關貓熊的箱子，外觀寫著〈大貓熊〉。

既然有大貓熊，就應該有小貓熊吧？還是因為貓熊都已經長大，所以才叫大貓熊？抑或是來到日本的是體型格外壯碩的傢伙？就在我這麼思忖時，一位身穿白衣，面無表情的男子從廚房走出來，一語不發地把盤子放在我們面前。

我用湯匙舀了一口黑黑的咖哩，散發著牛肉咖哩特有的濃醇香味，一咬下去，燉煮入味的牛筋口感軟嫩，立刻在口中融化。

「哇！好吃吔！」我不禁驚呼出聲。

尾木則是左手按著腹部一帶，一臉苦澀地吃著。只見他蹙眉閉眼，每吃一口就喝水，上顎與舌頭微微顫動，藉以確認味道。

「小山田，你覺得這是放了什麼呢？」

「這我哪知道啊！」

「芹菜，應該是芹菜吧？」

尾木蠕動嘴裡的舌頭，眉間的皺紋更深了。他們的工作永遠沒有「這樣就夠了」，必須常常追求更理想的境界。看著每日每餐吃著各式各樣咖哩，卻從未抱怨的尾木，就覺得大言不慚地說「賣不好都是包裝的錯」的自己很可恥。

我敢挺起胸膛說「我有認真工作」嗎？還是不停給自己找藉口？在會議室裡把頭垂得低低的我，心想：我也很努力啊！但真的是這樣嗎？敢說自己像尾木一樣努力？

結完帳，尾木要我在店外等一下。店門開著，我瞧見尾木向老闆遞了一張名片。該不會是請教老闆加了什麼料吧？只見老闆面有難色地雙手抱胸，簡短回應幾句。

「拜託了。」

尾木頭低得幾乎快跪下去，老闆又不知說了些什麼。

就在我猶豫是否要出手援助時，老闆突然揪住尾木的衣領——

「我得罪老闆了。」

面對被老闆攆出來，難過得垂著雙眉的尾木，我實在不曉得該說什麼。

「回去吧！」

我推著他的背，尾木卻一動也不動。

「和平咖哩已經夠美味了，不是嗎？」

這番勸慰之詞反而刺激到尾木。

「那你說，為什麼賣不好？」他瞪大眼地質問。

「這……那個……」

「你說啊！為什麼賣不好？是你們不夠努力嗎？說啊！」

「你說什麼？」

被人家這麼批評，怎麼可能沉默以對。我們就這樣互瞪彼此了好半晌，後來尾木先移開了視線。

「夠了！別再這樣了。怎麼會變成這樣呀？」

我們就這樣默默地走了一會兒，再次來到這條街，發現有好多小吃店。從餐館飄出濃郁的鰹魚高湯香，肉舖發散炸可樂餅的油香，店頭還繪著頭戴廚師帽的小豬圖案。

這時，湊巧有個啣著牙籤的男人，從一間店走出來，而店裡傳出很大的咻咻聲，應該是煎大阪燒的鐵板聲，從拉門縫隙能瞧見竄起的蒸騰熱氣。

「小山田，我家很窮，經營一間賣二手書的小店。」尾木的下巴快抵住胸口似地低著頭，左手按著似乎很痛的小腹，低聲嘟噥道：「你看過《夫婦善哉》[5]這本書嗎？」

我默默地搖頭。從書名來看，應該是描述「善哉[6]」這道料理的故事吧？

注5：夫婦善哉，織田作之助最具代表性的短篇小說，以極其冷靜的筆觸，虛構了一對夫妻既平凡又瑣碎的現實生活。看似絮絮叨叨中，蘊含著讓人欲罷不能的破滅與哀愁之美。

「我一直反覆閱讀這本小說描寫食物的部分，天婦羅、佃煮昆布、善哉。不停幻想，幻想吃著料理，好美味啊！所以常被爸媽說，我是個成天只想著吃東西，對於吃很執著的孩子。」

隨聲附和的我，突然想起在橋下遇到那男人的事。來到大阪之後，每次看見在路邊乞討的人，就會下意識瞧一眼長相。那男人究竟去哪裡了？不知現在如何？還活著嗎？他是我這輩子第一個，也是唯一讓我吃飽的大人。

「不想再回到那個時代了。」

「就是啊！」

「回家就吃得到我們的咖哩，希望變成這樣的世界。」尾木看向我，繼續說：「『啊啊——，肚子好餓，好想吃咖哩喔！』然後打開櫥櫃門，瞧見和平咖哩，簡直是夢一般的幸福，是吧？」

「……真是服了你。」我不由得嘆氣。

即便待的是同一間公司，我和尾木的工作性質卻是天差地別。尾木的工作和商品息息相關；而我的工作只是傳遞商品，是任誰都能勝任的差事。因此，尾木可以說「我們的咖哩」，我卻不能。

我把這想法告訴尾木時，只見他雙眼圓瞠。

「沒這回事！」

「真的就是這樣哩！」

「要是沒有你，誰來推廣和平咖哩？」尾木頻頻撫著肚子，看著我反問。「可是啊……」他雙手交臂，喃喃自語了一會兒，再次抬起頭，語氣堅定地說：「換句話說，小山田是一座橋。」

「橋？」

「沒錯，就是橋。架橋就是你的工作，不是嗎？讓和平咖哩渡過你的橋，帶給大家歡喜。要是沒有橋的話，那邊和這邊便永遠無法往來。不覺得橋很重要嗎？」尾木略頓，接著喃喃道：「其實我不覺得你不夠努力。」

注6：善哉，是指放入烤年糕或白玉湯圓的紅豆湯。紅豆先經蒸煮，不去皮，仍呈現顆粒狀。為避免過於甜膩，還會附上一盤鹹昆布。

「我知道。」我悄聲回應，兩人互望了半晌。「……橋嗎？」

「沒錯。」

「橋啊……」

「是啊！小山田橋。」

要說有哪一瞬間讓我改變面對工作的態度，我想就是因為這句話吧！不過，尾木似乎不覺得自己說了什麼多了不起的話，而我那時也沒意識到。

不過從那天之後，我不時會想起這句話。

我們的咖哩！我也有資格這麼說了。

這件事讓始終低頭的自己，終於能向前看。

我是橋哩！這般心情讓我不曾停下腳步，不管怎麼樣都能前進。

☆　☆　☆

七月的月初會議結束後，我毫不遲疑地找館長商談北野丸女士的事。

該怎麼說呢？果然不出所料，館長的反應很冷淡，就像性急之人泡的紅茶，一點都不好喝，也不香。

「是喔！」

「館長，千萬不能輕忽這種事啊！」

我拉高了嗓門，館長卻瞧也沒瞧我一眼。

「畢竟是老人家的感情事，我們也沒辦法插手啦！」

他用左手撫著不知是下巴還是脖子一帶，一臉嫌煩地用右手操作滑鼠。雖然從我站的位置看不到螢幕畫面，但八成是在瀏覽宅配美食網站。

「這不是感情事，而是跟蹤案件！」

我實在堅持不下去了，因為館長哼笑一聲。

「你是說北野丸女士？都那把年紀了，還那麼吃得開，挺厲害的嘛！她該不會是為了炫耀才故意抱怨給你聽吧？佐野也太不懂女人心了。」

不行，完全無法溝通，這個人實在太糟了！

轉頭想找新谷商量，只見他一邊鬆開領帶，一邊淡然地走向我，滔滔不絕地說了一堆。

「佐野，你應該聽過『工作和生活力求平衡』這句話吧！你覺得呢？縱使工作是為了維持生活，為何工作就非得壓迫到生活，凡事都以工作為優先考量呢？」說完，他若無其事地轉移話題。「我要去托兒所接小孩了。」

隨即離去的他，八成不想捲進麻煩事。對新谷的另一半而言，或許是個「好爸爸」；對我來說，卻是個「不太可靠的前輩」。絕對不能依賴不可靠的前輩。

我把自己與館長的對話內容告訴外公，他果然激動暴怒。

「搞啥鬼?!哪有人這樣處理事情呀？」

我也有類似這種無力感的經驗——當表明自己的難處時，反而促使周遭的人誤解更深。絕不能把我找館長商量一事告訴北野丸女士，不然她會更受傷。

隔天早上，外公走進我房間，一邊大吼一邊搖晃還在夢周公的我。

「桐矢！我決定了！」

「什麼啊……」我揉著惺忪睡眼，呻吟著回應。

「我來想辦法。」外公說完，猛然高舉我的手。

這股氣勢是要起義革命嗎？

「想辦法是什麼意思？」

「就是想辦法啊！先把小幸的聯絡方式告訴我。」

「不可以隨便洩漏學員的個資。」

對我而言，她是顧客；對外公來說，她是舊識。

我好不容易甩開死纏爛打的外公，奪門而出。

陡然間，手機震動了一下，原來是美久瑠傳來的訊息。先是傳來用鳥獸戲畫風格說『唷』的貼圖，接著曖昧地問：『最近如何？』

我不打算說出北野丸女士的事，畢竟事關別人的隱私，不能隨便亂說。我回了三隻熊說『還好』的貼圖，立刻顯示已讀。

『我媽說，她這幾天會過去看看。』

收到這樣的回訊，我腦中立刻浮現任職稅務局，襯衫扣子總是扣到最上面一顆，一板一眼到有點誇張的誠子阿姨那張臉。

這樣的她給人的感覺有點冷漠，卻也沒做出什麼不近人情的事。若勉強要說的話，就是有一次她說：「男孩子都喜歡這個吧！」遞了一本昆蟲圖鑑給討厭蟲子的我，倒也沒惡意就是了。

今天北野丸女士會來上晚上六點的防身術課程。雖然我的工作是採輪班制，時間也不固定，不過今天會待到七點，順利的話，可以找她談一下。

我不想捲入麻煩事，卻也無法漠視。

身體隨著電車搖晃，我思索著：回家後才開始準備晚餐實在很倉促，今天晚上就簡單弄一弄吧！

十點出門上班的好處，就是不必跟別人擠電車。

好累喔！還是吃咖哩好了。冰箱冷凍庫裡還有前幾天吃剩的乾咖哩，而且今天特別想吃香料咖哩，那種吃的時候會不斷冒汗的食物。我也喜歡吃用咖哩塊烹調的正統咖哩，只是覺得香料咖哩那種讓身體由內到外變乾淨的清爽感，實在令人愛不釋口，真的好喜歡。

穩穩踩在車廂地板上的我，像是想著心儀之人似地思索著咖哩。葉月的事浮現腦海，又旋即消失。

坐在我面前的女人的頭越點越用力、越傾斜。太危險了，醒醒啊！很想如此搖醒她，畢竟在別人面前睡成這樣不太好。

我的視線從女人身上移開，環視四周。有人抱著嬰兒，有人拄著枴杖，還有人一身西裝打扮；電車乘載著許多人的事情與思緒，不停地奔馳。

「真的很不好意思。」

上完課，從更衣室走出來的北野丸女士，望著我和外公合掌致歉。

外公今天穿的是紅色ＰＯＬＯ衫，也許是為了讓自己看起來強勢一點吧，也可能是給自己加油打氣，又或是兩者都有；反正不管基於什麼理由，我絕對不會穿紅色衣服。

「別這麼說。」我將視線從外公身上移開，回道。

我有料到外公會來，即便他大言不慚地說：「我來當小幸的保鏢，護送她平安到家。」還是很擔心八十三歲的老人家，怎能擔此重任，因此我決定一起行動。

「還有遇到那個跟蹤……那個叫田邊勝一的男人嗎？」我邊走邊問。

「可能是最近都盡量避免單獨行動，已沒再遇見他了。」北野丸女士的小手在胸前輕搖著說：「所以真的不必護送我回家。」

我看著外公那一派氣勢洶洶，走在前方幾步遠，烈火燃燒似的紅色背影。此刻的他手上拿著圓鏡子，似乎藉此確認身後情況。

「絕不能輕忽大意。」

黑暗中迴響著我那比想像中來得低沉的聲音。

我知道北野丸女士正仰頭瞅著我，卻故意裝作沒看到。我們步下通往地鐵車站的樓梯，通過驗票口，當站在月臺上等電車時，被含有沉重濕氣的七月空氣包裹著全身。很討厭這時期的肌膚濕黏感。

我抬頭望向電子看板，顯示電車已從前一站出發。

「出來！」外公冷不防轉身大吼一聲，周遭人驚愕地看向我們。「給我出來！別再鬼鬼祟祟了！」

田邊勝一！外公的怒叱讓站在牆邊的男人嚇得渾身發顫。只見外公走向他，一把摘掉男人的帽子，北野丸女士倒抽一口氣的聲音，聽來格外大聲。

「那個人……就是他嗎？」

「是的……」

外公攫住一直尖聲大叫「幹麼！」「蛤？」的田邊，硬是把他扯到北野丸女士的面前。外公到底是什麼時候察覺到這傢伙的存在啊？

外公說我們準備進地鐵站時，他就發現有個男子一直鬼鬼祟祟地跟著我們；還說他不時悄聲告知我，鏡子有照到那男人的身影。明明一直都很警戒的我，卻渾然未覺。

「你到底想幹麼?!跟蹤人家，讓人恐懼不安。」外公越說越火。

「你到底是誰呀？」田邊面有慍色地質問。

「我是小幸的……那個……啊，對了！我是那個……戀人！沒錯，戀人！」

竟然胡亂扯謊！

「說謊！」田邊倒抽了一口氣，反駁道。

他瞄了北野丸女士一眼，彷彿想看穿她似地。

「你喜歡小幸呀？」外公單刀直入地探問。

果然是女兒、孫子眼中，不折不扣的粗魯老人。

田邊聞言「蛤」一聲，上半身往後仰。

「我是腦子壞了啊！怎麼可能！」他激動地尖聲大吼，雙眼滿布血絲，臉上的口罩上下移動著，抖個不停的手指向北野丸女士。「我怎麼可能……看上這種老太婆！」

我一回神，發現自己已經揪住田邊的前襟。

外公驚詫地「哇喔」一聲，其實我比他還吃驚。雖然身體自然做出此行為，但不習慣攻擊別人的我，卻不曉得接下來該如何是好，只知道自己無法原諒如此惡劣行徑。很想質問他擅自提出交往，遭拒絕後就腦羞成怒地攻擊對方，難道不覺得可恥嗎？

「那個，請你道歉。」

啊，糟了！口氣幹麼這麼客氣啊！應該說：「給我道歉！」才對。

只不過，後悔已經來不及了，只能硬著頭皮繼續下去。

「你侮辱北野丸女士，給我道歉！」

田邊皺著眉，不曉得在吼叫些什麼。他的聲音被進站的電車呼嘯聲抹去，肯定不是什麼好話。

電車門開啟，一堆人下車，他趁我稍不留神時，用力甩開我的手。這動作促使我一個踉蹌和要進電車的人撞個正著，就這樣跌坐在地。

「桐矢！」

「佐野！」

就在北野丸女士與外公扶我起來時，田邊這傢伙迅速奔上車。「噗咻」一聲，電車門關上，隔著車窗瞧見他的表情，像是快要哭出來的孩子。

乾脆露出令人憎恨的表情還比較好，「真是夠了！你們給我記住！」要是露出這樣的嘴臉，也好讓我們徹底厭惡。

我們默默地搭上電車，北野丸女士打破沉默。

「方便的話，要不要一起吃晚餐？我今天不想一個人用餐。」

下車後，一起前往她推薦的洋食屋。

「他一定很懊惱、很羞恥，不曉得該怎麼辦吧！」

明明被惡意嘲諷，北野丸女士卻說出這番體貼對方的話語。

我沒回應，只是愣怔地盯著面前的水杯。大玻璃杯上的水滴緩緩滑落，在木紋桌上刻下圓形圖案。水帶了點檸檬清香，發出哐啷聲的大冰塊旋轉、融化。

外公始終雙手抱胸，撇著嘴。

「他被我冷漠以待，肯定覺得很難堪。」

冷漠以待。好文雅的說法，但我總覺得怎麼樣都說不過去，一直緊咬的臼齒有點疼痛。

「只是因為得不到對方的青睞就口出惡言，未免太卑鄙了！」

北野丸女士聽到我的這番話，搖了搖頭。

「田邊先生他啊，應該是覺得追求喪夫已久，既不年輕也不漂亮的對象比較容易成功吧！我很清楚被看輕與被喜歡的感受有何不同，田邊先生或許沒意識到這一點。」

「才沒……」

我明明想說：才沒這回事！卻說不出口。

儘管很不想承認，我卻不敢說自己完全沒抱持「這種條件的對象應該比較容易追得到」的卑劣心態。因為明白這是多麼失禮的話，才會拚死壓在心底。

「這種事不方便告訴女兒、兒子，還有鄰居。」北野丸女士伸手抵著嘴角，淺淺一笑地說：「肯定會被笑說，怎麼可能有人會對我這種歐巴桑感興趣，八成是我在妄想之類的。」

「才沒……」

從剛才就只會迸出這句，我恨自己的詞彙能力貧乏又笨拙。

「可是，佐野和小山田先生一點都沒嘲笑我，肯聽我訴苦，還選擇相信我。真的很謝謝你們。」

「當然相信啊！」

我也嘗過「無法說出口，別人不相信我說的話」，這般痛苦之事。

高中時，我曾在某間倉庫打工，負責捆包網路商品、配送等，雖然時薪很便宜，但不用和別人往來是一大優點。由於我就讀的高中禁止打工，要是被發現就會遭到停學處分。

明明工作沒那麼忙，員工卻相當多。基本上是兩人一組，我和已婚婦女，二十八歲的手越女士一組。手越姐總是說：「桐矢，好可愛。」隨意碰觸我的頭髮、肩膀和手，也曾好幾次約我單獨碰面。每次我婉拒，她就會淺笑地說：「高中生不是不能打工嗎？我要是告密的話，你就會被停學吧？」就是這樣的人。

每次和手越姐交談後，內心總是騷亂不已。好比有一次我趴在桌上午寐，她突然把手伸進我的衣服領口，撫摸背脊。即便她笑說只是開個玩笑罷了，但從那次之後，我就不在電車上、工作地方，應該說外頭睡覺了。

不敢向任何人提這件事，應該說，好幾次都想說——

「什麼嘛！你是在炫耀自己是師奶殺手嗎？」同學的回應讓我頓時怔住，以致於無法聽他說完；就連好友佩利的反應也讓我很失望。我找梓希商談這件事時，她鼻哼嗤笑地說：「清楚拒絕不就好了？你是男人吔！和女人被性騷擾一事可不一樣。」我把這件事告訴領班，「為何？有啥不好？手越小姐可是美女呢！」

只得到如此答非所問的回應。

隨著一句句「沒這回事」的回應，我的感覺與感情愈來愈黯然，內心深處的不愉快感也越來越嚴重。

某天，我準備去打工時，雙腳忽然怎麼也使不上力，無故曠職到第四天的結果，就是被炒魷魚。由於工資都是當面支付，因此我沒拿到最後一次的薪資，雖然他們頻頻叫我回去領錢，我還是沒去。

我一直思索著那時應該怎麼做才對，可惜到現在仍沒得到答案。

「也很謝謝小山田先生。」

外公沉默地搖頭。

隨著一聲「久等了」，面前放著頻冒熱氣的盤子。總覺得應該要吃點能夠帶來活力的食物才行，於是點了咖哩豬排飯。

「喔喔，看起來很好吃！」

外公和北野丸女士一樣，也是點蛋包飯、蟹肉奶油可樂餅，還有一小塊漢堡肉的套餐A，只見他一臉羨慕地盯著我的咖哩豬排飯。

「錯不了，還沒吃就知道這咖哩好吃。」

「就是啊！」

很少有咖哩難吃的店家，這是外公的觀點。看著他一臉渴望，我切了一小塊咖哩豬排放到他的盤子。

「吃吧！」我催促著兩老開動。

儘管不是我想吃的香料咖哩，這個也很美味。入口即化的大塊洋蔥和辛辣口味的咖哩非常搭，咬一口沾滿咖哩的豬排，熱熱的油沾附脣邊，熱與辛辣促使太陽穴一帶不斷冒汗。

「沒錯，得趁熱吃才行。」北野丸女士說著也拿起叉子。

即使這麼做無法保證田邊勝一不再出現她面前，就像那時的騷亂也還殘留在我心裡。

「真好吃啊！」外公陶醉地喃喃道。

我抬頭看了他一眼，又趕緊低頭吃。

「我可不會再分給你喔！」

「哼！知道啦！」

三人默默地專心享用。

「即便總是遇到狗屁倒灶的事，人生還是得繼續下去。」

北野丸女士說著看向外公。

「……就是這種時候更要吃啊！」

外公接腔，北野丸女士微笑頷首。

兩人像在打暗號似的對話，讓我感到有股疏離感。

用完餐後，北野丸女士點了三杯咖啡。我起身去洗手間洗手，映在鏡中的自己看起來有點憔悴，順手用消毒液噴一下洗淨的手掌時，發現洗手間的門還真薄，可以清楚聽到外公他們的對話。

「小山田先生又幫了我一次。」

這兩人到底是什麼關係？

「老爸啊，好像外面有女人！」突然想起母親說的這句話。我瞬間有點頭暈，伸手抵著門，以免自己暈倒，怔怔地想：得再洗一次手才行。

「別這麼說，我也是受過妳不少幫助。真的很謝謝小幸啊！」

外公的聲音有著不曾聽過的溫柔。

★　★　★

「沒事吧？」

起初完全不曉得這麼問我的是誰？

就在我過了馬路，蹲下來綁鞋帶時，頭頂上方傳來聲音。

女人一身白色襯衫搭配裙子的裝扮，桐乃也常這麼穿；雖然裙形與桐乃偏愛的深藍、黑色裙子一樣，顏色卻不同，有如金絲雀羽毛的色調。而且從選色就知道對方遠比桐乃和我年輕許多，是那種眷戀甫落幕的夏日般鮮豔色彩。

「呃，那個，我是田村，田村幸子，在西熊百貨公司工作。」

「哦哦——！」我頷首回應。

原來是食品賣場的店員，她們總是穿著深藍色制服，我一時沒認出來。望見田村幸子身後那些走在高掛〔阪急電車乘車處〕牌子下方的行人背影，看來她剛下班的樣子。

這一年來我經常去西熊百貨公司，卻遭漠視。應該說，當初商品發售時還有往來，由於業績始終不振，也就中斷了合作，但「森山食品Ｈｏｍｅ咖哩」依然擺在店裡最醒目的位置。**看來櫻井又耍了什麼手段吧？**

一想起櫻井的嘴臉，腹部深處就有什麼東西在熊熊燃燒，燃燒後的灰燼就這樣靜靜地積存，每當情緒被撩撥時，灰燼就會飛舞起來，讓人模糊視野。

「要不要換條鞋帶呢？」

田村幸子從小小的裁縫盒取出細細的帶子。

「啊！喔喔，謝謝。」

就在我忙著處理鞋帶時，田村幸子提議要幫我拿公事包。

「不行、不行！這個太重了，擱著就好。」

怎麼能讓女人提這麼重的東西。我把塞滿咖哩調理包樣品的公事包，放在身旁，蹲在路邊。

就在我弄得不太順手時，白皙的手突然橫過我面前，拿起鞋子。

「還是我來幫你弄吧！」

田村幸子像是對待小貓還是什麼似的，將鞋底嚴重磨損、鞋尖部分皮革剝落、早已穿到變形的破鞋，擱在膝上開始更換鞋帶。鞋底下的泥土，還弄髒了她的裙子和襯衫。

「跑了一整天的業務吧？」

真是辛苦了！我像被她的這番話觸動似的，想起今天發生的一切。

開著宣傳車去社區舉辦試吃活動，發氣球給來參加活動的孩子們，雖然活動辦得頗成功，卻收到不少嚴苛批評。好比「是滿好吃的，但太貴了。」不然就是「我們一家五口就要用五口鍋子加熱，太麻煩了。」還有「這口味對小孩子來說，太辣了。」之類的意見。

回公司後，忠實反映「價格方面能再降一點嗎？」的意見後，沒想到——

「也不想想我們是多麼辛苦才做出來的！」偶然耳聞的尾木氣憤地怒吼。

「要是沒人買，那就一點意義也沒有啦！不是嗎？」我不甘示弱地回應。

兩人針鋒相對到只差沒動粗，總覺得哪天勢必會上演全武行。

「謝謝，害妳的衣服都髒了。」

我說著，探尋口袋裡有什麼東西可作為謝禮。

「我餓了。」田村幸子一邊拍掉衣服上的髒汙，一邊笑著說。

由她帶路，我們前往新梅田餐飲街。「去那裡吧！」她指著一間喫茶店。

我們坐在靠窗位，她連菜單都沒打開就直接點：「蛋包飯。」霎時怔住的我急忙告訴店員：「一樣。」

「我最喜歡吃蛋包飯了。」

「是喔？」

「啊，我也很喜歡咖哩喔！」

看著她揮著雙手，拚命解釋的模樣，我忍不住笑了。

「其實啊，蛋包飯淋上咖哩最美味了。」

聽到我這麼說，田村幸子雙眼閃閃發亮。

「好像很好吃呢！」

是吧？下次見到尾木時，一定要告訴他。

我掏出記事本筆記，寫下：「蛋包飯淋上咖哩，最美味？」

「這是什麼啊？」

讓她好奇的這本記事本裡，寫滿了一直以來聽到的各種意見：「對小孩子來說，太辣了」、「很花時間」只見她一臉疑惑地指著「贈品」這排字旁邊的手繪人形圖案，莫名地搖晃起肩膀，氣氛有點尷尬。

「要是有贈品的話，小孩子就會吵著要媽媽買，想說或許行得通哩！」

雖然基於各種理由，這方法始終沒被採用，但其實我覺得這點子不錯，因為我家女兒們也會因為玩具而買固力果的牛奶糖。

畢竟和年輕女孩相對而坐的情況，令我有點不知所措，下意識開始環顧四周。我不曾和桐乃一起走進喫茶店，相親後便馬上結婚，婚後很快就有了孩子，夫妻倆也就很難有機會一起出門。

一群看起來像是學生的人坐在我們的鄰桌，發出不知為何而笑的尖銳聲音，聽來十分刺耳。

這群混帳！我每次看到大學生，就有止不住的怒火，完全不明白他們搞出來的學生運動有何意義。這些傢伙的想法、作法令人不解，只會說些文謅謅的話，說到底就是想大鬧一場吧？

腦中掠過去年在電視上看到的淺間山莊新聞，記憶中那顆搥擊牆壁的巨大鐵球，直到現在，我一想到那位被當作人質的婦女處境就氣憤不已。在那片雪下個不停的土地上被挾持那麼久，根本沒有足夠的食物可以填飽肚子，不是嗎？光是想像就令我惱火。

我不懂那些太困難的道理，只知道讓人挨餓的事物都不是好東西，無論是戰爭還是貧窮，都應該徹底消失。如果我能上大學的話、如果我能生在有錢人家的話，絕不會讓這種事發生，一定會絞盡腦汁餵飽所有人的肚子，讓人感到幸福。

我當然不可能無時不刻都在想這種事，只是內心的自卑感偶爾會迸出來。好比和就讀頂尖大學的客戶、上司、同僚交談，每當我聽不懂其他人都知道的事情時，就會想說他們八成在心裡訕笑我吧？

我獨自悶悶不樂，田村幸子則是一臉幸福地享用蛋包飯，而且每吃一口便微笑地撫著臉頰。想想，她總是含笑對待前去西熊百貨公司跑業務的我，即便我被客戶不客氣地下逐客令，她也是面帶笑容，搞不好她生來就是這樣的臉。

「你吃飯時的表情和我的女兒們好像吔！」

「是喔？」田村幸子又撫著臉頰。

我讓她看放在皮夾裡的照片。俊子七五三時拍的照片，誠子和美海子也是身穿和服，一臉天真無邪地站在鳥居前合影。

「尊夫人沒一起入鏡嗎？」

「這張是『老婆大人』拍的。」

我沒說謊，那時我的確對桐乃說：「我來拍，妳和她們合照。」她卻拒絕。也許不喜歡拍照吧，她每次一面對鏡頭就會自然而然地別過臉。

「百貨公司的工作有趣嗎？」我吃著蛋包飯，自然地換個話題。

不想再被問及「老婆大人」的事，畢竟要是被問到婚姻生活幸福嗎？還真不知該如何回應。我們打從結婚那天開始就貌合神離，桐乃的視線總是望向某處，像是在思索某個人，只不過那個人絕不是我。雖然她對待三個女兒既溫柔又寬容，但換個角度想，也是一種漠不關心吧！

在誠子出生後不久，我們回桐乃的娘家。我至今還清楚記得有個女的，好像是桐乃的青梅竹馬，趁桐乃離座時湊近我，悄聲地說：「看她現在很幸福的樣子，我就放心了。」還刻意強調「現在」這兩個字。

那女的自顧自的說個不停。原來和我結婚之前，桐乃有個交往對象，那男的後來娶了上司的女兒。桐乃傷心地說：「我被拋棄了，什麼都沒了。」朋友們都很擔心她的情況。

那女的語帶笑意地說：「現在連孩子都有了，實在太好了。」接著又說：「哎呀！聽到她居然嫁給在和平食品工作的人，還真是嚇一跳呢！」

很想追問話裡的「居然」是什麼意思？無奈桐乃已回座，無法再說下去。

「百貨公司的工作很有趣呢！」

田村幸子的這句話把我拉回現實，我決定把桐乃的事暫時丟在腦後，試著集中心神關注眼前的話題。

「有痛苦的事，也有可怕的事，各種事都有囉！」

「可怕的事？」

去年千日百貨發生大火慘案，各家媒體都有報導這起意外，造成超過百人身亡，令人哀痛萬分的重大事件。

「不是每一間百貨公司都會發生這種意外。」我試圖安慰她。

「不是這樣的！」她口氣強硬地反駁道：「每當發生傷亡事件時，我總是想著該不會哪天就臨到我頭上。只要瞧見不幸的事發生，就會忍不到這麼想。」

我詫異地看著眉頭緊鎖，說出這番話的田村幸子。原來她在想這般有點難以理解的事啊！年輕女孩不是滿腦子想著，如何化妝才能顯得五官立體，不然就是偶像明星之類的事嗎？

「妳太敏感啦！」我說。

田村幸子沉默半晌後，抬起頭，冷不防地換個話題。

「我們家經營雜貨五金行，家父去年離世後，我利用休假日幫忙顧店，反正自己從小就是當店長的料。兄姊都很不喜歡擔這個差，我倒是樂此不疲，因為喜歡和別人往來。」

她在六個兄弟姊妹中排行第四，家裡經營的五金雜貨行位於曉市場，也住在那一帶。附近鄰居多是商家，孩子們也都玩在一起。

「吃晚飯時，附近的孩子們都會圍坐在一起，大家一起用餐。我弟弟天生體弱多病，也是靠附近孩子的照顧，才能順利上學呢！」

她弟弟似乎還是小學生的樣子。田村幸子唯有說弟弟的身子不好時，表情才顯得陰鬱。

「小山田先生的工作有趣嗎？」

「我？我的工作才沒有所謂的有不有趣哩！」

工作可不是遊戲，也因此自己從來沒想過有不有趣。

田村幸子看到我搖頭，詫異地睜大眼。

「咦？那你為什麼問我『工作有不有趣』呢？」

這個嘛……！我不曉得該如何回應。男人與女人的工作不一樣，不管是責任承擔，還是什麼，畢竟女人一旦結婚就會辭職。

她似乎見我有點不知所措，輕咳了一聲。

「那我換個問題。小山田先生的工作情況順利嗎？」

「不，不太好。」

這突如其來的一問，讓我吐露真心話。

我從公事包取出一盒淡黃色包裝的〈和平金牌咖哩〉，遞給她看。

「這樣的設計很糟吧！」我說。

「不會啊！」田村幸子搖頭，把空盤挪到一旁，湊近細瞧這盒咖哩。「不過，有點可惜就是了。」

「什麼？」

「咖哩的魅力就是香味呢！哪一家在煮咖哩，附近鄰居馬上就知道。」

真空調理包可以延長保存期限的同時，也完全鎖住了食品的味道與香氣——這是理所當然之事，我從沒想過這有什麼問題。

「就像市場的乾貨店啊，總是刻意在店頭擺個小炭爐烤東西，就是要利用香味吸引客人停下腳步。」

「原來如此。」

「要是這盒子聞得到咖哩香，搞不好就會吸引人來購買呢！」

「要怎麼弄成聞得到香味？」

「這就是小山田先生的工作囉！」

被一臉事不關己樣的她這麼一說，我又陷入沉思。

「你去過西熊百貨公司的香水商品區嗎？雖然都是些我買不起的東西，不過偶爾可以拿到試香紙喔！我會把它夾在書本裡，下次打開時，就能嗅到一股芳香好聞的味道。」

「原來如此啊！」我喃喃自語。

弄個有咖哩香味的紙，也不是不可能的事。好香，好香啊！突然靈光閃現。

「這盒咖哩送妳，當作謝謝妳提供點子的謝禮。」

田村幸子聽到我這麼說，開心地抱著小雞顏色的盒子。

那次喫茶店閒聊後過了兩個月，我在公園擺起桌子，桌上放著用來加熱調理包的攜帶用瓦斯爐，一旁的電鍋裡還準備了閃著光澤的白飯。

以往舉辦過好幾次試吃活動，卻沒想過要利用氣味來吸引客人。為了確定咖哩香氣飄散的方向，我還確認了好幾次風向。雖然無法做出有咖哩香味的包裝盒，但用這招就能達到效果。

「這樣行得通嗎？小山田先生。」後輩不安地蹙眉。

「沒問題啦！」

田村幸子說她從未吃過咖哩調理包，為什麼呢？因為她不曾獨自用餐。畢竟一大家子一起吃飯的話，當然是煮一大鍋咖哩比較省事。當然，這意見早已聽聞過無數次了。

不過，田村幸子又提出另一個看法：「要是一個人住的話，煮一大鍋就得分好幾天才能吃完，也很傷腦筋呢！」

一直以來，我認為廚房是女人的地盤，理所當然地覺得購買調理包的客層是主婦。然而，我今天選在大學附近的公園，舉辦試吃活動；一人份的調理包，而且「只要加熱就行了」這一點，肯定會受到年輕族群青睞。

為何我之前都沒察覺呢？是因為對於大學生這存在懷有強烈自卑感嗎？

每次在街上看見大學生，我總是轉移視線。想想，他們當然也會肚子餓，也要吃飯；何況不只大學生如此，很多離鄉背景，獨自出外打拼的年輕人也是如此，以往的我也是這樣。哪怕是忙完工作和課業的夜晚，還是累到沒力氣握住菜刀的晚間，依舊能享用咖哩。**要是能讓這一切成為理所當然就好了。**

「好香喔！」

身穿華麗襯衫的女人聞香而來，眨著長到像是能吹起一陣風似的睫毛，應該是假睫毛吧？

「別客氣，歡迎試吃！」

我的呼喊聲竟有些破音，果然相當緊張。

女人吃了一口盛在小碟子裡的咖哩。

「好好吃喔！」

女人的讚嘆聲吸引了一群穿著垮褲的男人湊過來。

「我們也可以試吃嗎？」

「當然！歡迎歡迎。」

我忙著提供試吃的咖哩。

「好香哦！」

「好像很好吃呢！」

「最喜歡咖哩了。」

「好香！」

「這個好吃。」

「真的好好吃！」

聲音像輪唱似的擴散，聚集的人也愈來愈多。

「我好久沒吃到這種咖哩了。」

有位大學生把空碟子遞還給我後，低頭行禮這麼說。他臉上戴著眼鏡，身穿有領子的襯衫，應該是個勤勉的學生吧？

「因為我弟年紀很小，無法吃口味偏辣的咖哩。」他聳聳肩，說道：「要是調理包的話，就可以個別享用。他吃那個，我吃這個。」

「就是啊！」我頷首附和。

迄今從未想過這件事。

這孩子離去後，其他大學生也紛紛歸還空碟子，我忙著將他們的意見一一記在記事本上：〈我覺得口味再辣一點更好吃〉、〈希望肉再多一點〉、〈辣度剛剛好〉、〈我喜歡清爽一點的口味〉，意見多到根本來不及筆記。

「小山田先生。」

我回頭看向後輩，只見他眼泛淚光。不要為了這一點事就哭！我忍住想斥責他的衝動，看向他指的方向。只見坐在長椅、花壇邊的年輕人，一邊談笑，一邊吃著咖哩。

堪稱流行絕緣體的我，總是被女兒們取笑：「怎麼連這種事都不知道？」但此時此刻，我卻覺得眼前的年輕人們身上的色彩好美。鮮豔的藍色襯衫、亮麗的桃紅色長裙、襯衫領口的大蝴蝶結，還有造型奇特的帽子，就連男孩子們的長髮也好美。其實，更美的是一臉幸福的人們。

那些孩子們果然和我家女兒很像。就在我如此思忖時，不自覺地喃喃自語：

「說啥呀！」是的，他們還是孩子啊！

「等你長大後，要是在哪裡遇見餓肚子的孩子，就給他們東西吃。」

「一定讓他吃得飽飽的，我保證！」

我還沒實現和那男人的約定……

深吸一口氣，我再次大聲呼喊。

「來嚐嚐美味的咖哩，如何？」

我的優點就是嗓門大，就算只有這麼一個優點，也是能有所發揮。

☆　☆　☆

「一點也不像夏天啊！」外公喃喃自語。

一大早，雨就下個不停，想說下班順路去採買東西，卻一不小心踩到水窪，鞋子濕透，只好直接回家。

這雨有如用削尖的鉛筆繪製出的直線一般，而且不是HB，而是H這種如此淡然的線條。

氣溫低到不像七月，這陣子一直都是這樣的天候，好處是不用開冷氣，但濕氣太重。沒了暑氣的七月，既不似春寒料峭，也不如涼爽秋日，就是「還真不像夏天」的季節。

「唉——」

外公嘆氣，聲音如此陰鬱應該也是因為天氣的緣故吧！

自那天之後，我和外公還是不時會提起田邊勝一的事。

「那個男的大概很寂寞吧？」雙手交臂的外公，如此說道：「他應該也沒什麼惡意哩！」

我當然沒白目到以「你也是啊」這句話，來回敬正在嘀咕著「那男的沒妻子，也沒朋友」的外公。

有時沒惡意的人，比心懷惡意更加惡劣。由於不覺得自己作惡，也就不知道反省。再者，「寂寞」這個詞也是罪惡深重，給人一種只要撂下這句話就該被原諒的錯覺。

『我不認為沒有惡意就表示這個人不壞。』

我傳了這個訊息給佩利後，立刻收到回訊。

『克利安，你怎麼了？』

『這是兔子不是貓，弄錯了嗎？』

我不高興地回訊，也知道自己遷怒了無辜的好友。

「出去買東西吧！」

我搬來這裡住之後，一直都是由我掌廚，雖然外公白天會自己張羅吃的，但似乎都是買超市的熟食來吃。

明天要吃的麵包、還要買些青菜……啊！咖啡也喝完了。我一邊在腦子裡列出購物清單，一邊穿鞋。

我在超市門口消毒雙手時，身後傳來一聲：「桐矢？」一回頭，是葉月，她說小弦和外公外婆一起看家。

「哦，葉月小姐也會出門採買？」

「嗯，當然。」

我複誦著「當然」一詞，頓覺自己好丟臉，怎麼問了個蠢問題。

葉月很自然地拿起提籃，掛在一隻手上，經過正在入口附近的蔬果區挑選洋蔥的我身旁，走向鮮魚區，然後我們在麵包區再次相遇。

「小山田先生還好嗎？」她主動探問。

「嗯，很好。」停頓了一下，我又補上讓人覺得困惑的話語。「應該吧！」

「咦？什麼意思？」葉月小姐疑惑地偏著頭。

最近我都沒辦法好好和外公說話，只要一想到北野丸女士和外公以前可能「過從甚密」，內心的疑惑就愈來愈大。我在回家路上，把這件事告訴了葉月。

只見她頻頻點頭，一臉認真地傾聽，視線落在鞋尖。

「這種事只能問當事人了。」

「問外公？」

「或是問問那女人也行啊！桐矢，還記得我跟你說的話嗎？無論聽到我的任何八卦都不要相信。」

我清楚記得，以及約定後葉月的笑臉。

「要是因為別人的胡亂臆測，而打壞彼此的關係，真的很傷啊！所以直接問當事人就對了。」

「也是喔……」我喃喃道

陡然，口袋裡的手機震動起來。

『佐野先生？』說曹操，曹操就到，北野丸女士來電。「那時候真是謝謝你。」

在電話彼端這麼說的北野丸女士，八成行禮致謝吧！自那件事之後，她請假了一陣子，所以我們一直沒見到面。

「不好意思，我有點累。」

『是喔！請好好保重身體。』

不知不覺間，葉月已經走在我前頭，可能是不想打擾我講電話吧！她家就在前方不遠處，她輕輕揮手，轉身離去。

「那個……北野丸女士。」

『什麼？』

「……北野丸女士和我外公以前是什麼關係呢？」

頓時沉默降臨，也許實際上只有短短幾秒吧？但對我而言，卻長到讓我想中途說：「啊！當我沒問。」

『什麼意思？』

聽到這句充滿疑惑的聲音，自己才發現問了多麼失禮的問題，但已沒退路了。

「關係很好嗎？」

『……關係很好……是啊！可是……難不成佐野先生誤會什麼了？』

「誤會？」

『你該不會誤以為小山田先生和我，以前有什麼不可告人的關係吧？沒有喔！完全沒有。』

「是喔……」

就算北野丸女士和外公真的在一起過，也不見得會坦白吧？這我明白，卻還是想相信……相信她不會說謊。

『我認識的小山田先生是個對工作很有熱誠的人，總是思考著要讓更多人吃到和平咖哩。』

「北野丸女士真的很瞭解外公的心情。」

『那個……佐野先生，我弟弟他啊，八歲就死了！』

「欸?!」這突如其來的話題，讓我不由得驚呼

所以她看到我，才會想起不在人世的弟弟，但這和外公有什麼關係呢？可惜北野丸女士沒再贅述什麼，只說了句「再見」隨即掛斷了電話。

我不下百次地想著，要是沒問就好了。打開窗戶，瞧見混凝土地上擺著一雙頗眼熟的黑色娃娃鞋，鞋尖綴著大蝴蝶結，整齊地擺在一隅。

走進客廳後，我看見依舊一身荷葉邊與蕾絲打扮的美久瑠，與外公相對而坐。她挺直背脊，神情緊繃地端坐著，一看見我便安心似地吁了一口氣。

「好慢喔！」

她回頭看向我的外公，也像是鬆了一口氣。

「怎麼了？發生什麼事？」

想說她獨自來訪，肯定有什麼要緊事吧？

「沒事啦！」美久瑠搖了搖頭。

原本誠子阿姨也要來，工作上卻出了點事，沒辦法過來。

「工作到這麼晚啊？」

隨著外公的這句話，我也抬頭瞧了一眼時鐘，剛好過了晚上七點。

「我覺得現在還早呢……」

「女人就是不該做這種到了準備晚飯的時間，還不能回家的工作。」外公連珠砲似地說：「就是因為滿腦子只有工作，隆司才會偷吃啦！」

美久瑠的雙唇發顫，「隆司」就是誠子阿姨的前夫。

我很想塞住外公的嘴，但他激動到口水都飛濺到桌上。美久瑠則是保持端坐姿態，雙手撐地，緩緩地後退避難。

「呃，美久瑠幾點下班？」我設法扭轉話題。

「今天休假。」美久瑠繃著一張臉回答。

「一起吃晚餐吧！」我出示超市提袋裡的東西。

「桐矢掌廚嗎？」

「嗯，雞肉咖哩。」

我已經記住書裡寫的作法。用市售咖哩塊烹調的咖哩也很美味，只不過比較油，這麼晚才吃的話，恐怕會對胃造成負擔。

原本以為香料咖哩不太好做，實際料理後發現，比使用咖哩塊來得簡單多了，而且只花三十分鐘左右就能搞定。

上週第一次端出這種咖哩時，外公還頻頻抱怨：「怎麼這麼稀啊！」最後卻吃得一粒米也不剩，只是始終沒聽到他說句：「好吃！」

我在廚房洗手時，美久瑠走了進來。

「那個人還真是一點都沒變呢！」

「人是不可能輕易改變、成長的啦！更何況外公他……」

一旦開始切洋蔥，不一會兒眼睛就會開始刺痛。

「他怎樣了？」

美久瑠催促我繼續說下去。

「繫著頸圈的狗在原地打轉，就像被自己的頸圈給束縛住似的，妳沒看過嗎？超商門口之類的地方。」

「不知，我對狗不感興趣，我是貓派。」

「外公有時看起來很像這種狗。」

男人要堅強！這個頸圈很難扯斷。

「我不懂是什麼意思，不過你有時講話可真直白呢！還以狗來比喻。」

我邊點頭回應，邊將洋蔥丟入平底鍋。

「等等，用大火炒？」

「當然要用大火。」

大火快炒了十分鐘後，洋蔥與其說呈現焦糖色，不如說近似黑色，引出深沉的味道，然後加入番茄、生薑與大蒜，還有孜然、香菜，最後撒些薑黃和鹽。

「好香喔！」

不停嗅聞的美久瑠，幫忙準備盤子和湯匙。

我一邊說明，一邊加入雞肉、水與牛奶，接著再滾煮十分鐘便大工告成，然後蓋上鍋蓋。此時，電鍋裡的飯也煮好了。

「明明和這麼勤快認真的桐矢住在一起，但到現在還覺得張羅三餐就是女人該做的事？」

「我搬來這裡也才一個月，怎麼可能輕易改變幾十年來奉行的價值觀呢！」

儘管我可以冷靜地說明給美久瑠聽，不過這將近一個月的時間，我真的是對外公的言行既生氣又傻眼。

好比看綜藝節目時，實在很討厭他滿口批評藝人的樣貌，不是說人家太胖，就是嫌人家太娘、妝太濃，看不出來是男是女。也很不喜歡和他一起走進店裡時，他對店員的態度相當沒禮貌。不然就是在超市的自助包裝區裝袋時，隨手拿走了好幾個透明塑膠袋；跟他說不行這樣，他還一臉驚訝地點頭說：「哦，是喔！」結果幾天後又故技重施，實在拿他沒輒。

前陣子我時常向佩利抱怨，結果手機裡滿是佩利家的貓照片。

計時器響了，美久瑠掀起鍋蓋，「哇」的歡呼一聲。染上薑黃的黃色咖哩咕嘟咕嘟地沸騰著，浮在裡頭的雞肉口感軟嫩，再加少許鹽之後關火。

「吃飯前可以談一下嗎？」

美久瑠從包包掏出一個A4大小的信封袋，放在桌上，再從袋子裡抽出一本手冊。封面印著別墅風格的漂亮建築，仔細一瞧，原來是養老院的說明手冊。

「這是我媽要我拿來的，你看一下吧！」

美久瑠的這番話讓我總算明白她的來意。

「我何時有拜託她做這事啊？」外公嗤之以鼻地別過臉。

「這裡的隔壁就是醫院，要是有什麼事，醫生就能馬上過來看診。而且也不是那麼不自由的設施，可以外出。」

「妳來就是要我滾出這個家，去住養老院？」外公不由得抬高嗓門。

「……沒錯。」美久瑠嚇得肩膀顫了一下，深深嘆氣後乾脆地回應。

我拚命扯她的袖子，暗示這麼做只會招致反效果，她卻沒理會我。

「妳去告訴誠子，我拒絕！」

「我……我代替母親來遊說，也是為了桐矢而來。」

突然提到我的名字，害我不由得坐直身子。

「桐矢就像我的弟弟，我不想讓他一肩挑起照顧外公的責任。」

這番話讓外公的臉逐漸脹紅，他似乎想要說些什麼，倏忽一臉痛苦地按住胸口，就在我總算察覺情況不妙時，外公冷不防倒下。

「外公！」美久瑠推開驚慌不已的我，一把抱起外公。

「藥……」外公十分痛苦似地喘著氣。

「藥在哪裡？」

外公顫抖的手緩緩地探向自己的褲袋。

美久瑠冷靜地從外公的褲袋掏出一個銀色盒子，抓了一顆藥丸塞進他嘴裡。

「需，需要水嗎？」我一臉不知所措，怯怯地問。

「不需要。」背對我的美久瑠，果決地回答。

我知道外公隨身攜帶這個銀色藥盒，卻從沒見過他這樣子。

「外公的心臟不好。」明明聽誠子阿姨他們提過這件事，我竟然完全忘了。

「這應該是擴張血管的藥吧！可以馬上溶解，立即見效。」

美久瑠俐落地移動坐墊，讓外公躺下，然後指示完全幫不上忙，只能怔怔站著的我。

「如果以後又發生類似情形，記得不要慌，先把藥放在他的舌頭下方，讓他躺著休息一會兒。」

我居然連美久瑠是護士一事也忘了。

「幸好妳也在，謝謝。」

今天要是沒有美久瑠的即時救護，不曉得會變成怎樣？光想就很害怕，更覺得幫不上忙又不知所措的自己很沒用，沒勇氣面對外公和美久瑠。

吃著咖哩的美久瑠，不時斜瞟觀察躺著休息的外公，真的很沉穩，令人信賴。一直以為她是嬌柔女生，搞不好這樣的她才是原本的模樣。

雖然外公暫無大礙，我卻沒了食慾，心跳依舊劇烈，緊盯著他那微微起伏的胸口，再次深切體悟到，與有慢性病的老人同住要注意的事情很多。

「別擔心。」

一回神，瞧見外公抬眼看著我。

「休息一下就沒事了，別擔心！」

「不必那麼擔心啦！桐矢。」美久瑠插嘴道：「反正藥也吃了。就算你現在不知所措，也不能做什麼，趕快吃飯吧！」

美久瑠不到十分鐘便吃完咖哩，也收拾好盤子，然後走到外公身旁，悄聲詢問了一些事。

「我覺得明天還是去醫院躺一下比較好。」說完，她拿起包包，回頭看向我。

「我走囉！桐矢。要是有什麼事就聯絡我。」

美久瑠神情冷漠地轉向外公點了個頭。

「我會再來的。」

外公只是垂著眼，冷哼一聲。

「趕快吃飯，快吃啦！都是大男人了，還這麼驚慌失措，真是不像樣！」

在外公不斷催促下，我只好重新加熱咖哩，卻食不知味，心臟還是噗通直跳。

「不過啊，美久瑠還真是從容俐落呢！」

「是啊！」

「總覺得好感動喔！好帥。」

「很像叫賣員那樣裝腔作勢哩！」

「這種話千萬不可以說喔！」

我走進廚房，將洗潔劑滴在海綿上時忍不住大喊。

「不會在本人面前說啦！」

「不但不能在本人面前說，背後偷偷說也不行喔！」

美久瑠對於自己被說是「小豬」、「真難看」一事，始終耿耿於懷。

「找個機會好好向她道歉吧！」

「都已經是她小時候的事了，不是嗎？我年輕時也被批評得很慘，說我個子矮、長得醜，我根本完全不在意。」

你不在意是你的事！

真的很懶得這麼反駁，卻還是覺得不說不行。

「外公在不在意並不重要，我現在是在講美久瑠被這麼批評會很受傷。」

「都已經是過去的事啦！」

外公的回應讓我不由得停手，走回客廳，坐在還躺著休息的外公身旁。

「外公。」

「……幹麼？」

「過去不會消失，絕對不會。」

雖說有「時光流逝」這說法，但我真的不明白，只覺得「過去」像地層般堆疊著。無論是討厭的事，還是痛苦的事，總是停留在人的內心，不可能完全消失。

外公沒有任何回應，只是眼神困惑，怔怔地望著我。

也許他不懂我說的意思吧！

★ ★ ★

「你是去找那女人吧？」

窗簾被風吹得搖晃不已，詭異的搖晃聲，和緊捏著圍裙下襬的桐乃脫口而出的嗓音，重疊在一起。

「妳腦子壞了嗎？」

真心覺得她的腦子有問題。當男人為了什麼事而打拚時，不明白女人為何心懷妒怨，擅自以為男人就是在外搞七捻三？分明就是腦袋不正常嘛！

我也想冷靜地好好說明，實際上更想叱罵一頓。別再說這種讓人哭笑不得的話，要是以為男人成天只想著女人的事，可就誤會大了。也許桐乃很難想像吧？對男人來說，工作就是工作，不單是上班這回事。身為男人必須賭上一輩子，為了達成使命而活，這不是女人可以插手的，為什麼就是不明白？

「別把我和妳混為一談。」

總算擠出來的聲音，比想像中來得冷漠。實在很想詰問一臉懊惱、緊咬下脣的妻子，為何能露出這種表情？為何能一臉像是受害者似的？

今天去西熊百貨公司，沒看到田村幸子。

「聽說最小的弟弟出了狀況，所以她今天請假。」

我想起她說過弟弟身子孱弱一事。好像是受了風寒，住院治療的樣子，田村幸子和母親以及其他手足輪流照顧，她昨天就請假了。

據說晚上風雨會很大，連忙趕回家的我，始終掛心田村幸子的情況。不單是擔心她，也是因為和她的一番閒談，讓我想到把消費族群從家庭主婦轉至單身貴族，從此我們公司推出的咖哩調理包銷量便節節上升，而這份恩情還尚未報答她。

此外，介紹我認識曉市場店家的人，也是田村幸子。多虧她向老闆娘建議：「我覺得給準備考試的孩子，吃這個當作宵夜，也不錯呢！」現在市場的店家成了我的客戶。

我越來越擔心曉市場那邊的狀況。畢竟很多人都是住在市場附近，那裡靠河很近，要是河川氾濫的話可就糟了。我越想越坐立難安。

女兒們的吵鬧聲遠去，我邊吃著竹莢魚乾，邊思忖著田村幸子的事。她有好好吃飯嗎？弟弟的情況不太好，她肯定沒空享用自己最喜歡的蛋包飯吧？外頭颳著強風，吹得棚子搖晃不已。便宜建造的這棟租來的房子，不時有風灌入，感覺敲打玻璃窗的雨聲也越發激烈。

我放下筷子，站起身來，正在幫俊子剝魚乾的桐乃，一臉詫異地偏著頭。

「怎麼啦？」

「我出去一下。」

我思索了片刻，決定把家裡常備的咖哩調理包，盡量塞滿整個包包。反正每次我像這樣拚命搬回來，桐乃也不吃，倒是使用咖哩塊烹調的咖哩飯，經常會出現在餐桌上。

「還是別出去了，外面風雨那麼大。」桐乃望向窗外說道。

這一帶雖說也靠河，但屋子建在地勢較高的丘陵地，比較不必擔心水患。

「別擔心啦！」

「可是……」

「孩子們還有妳，不是嗎？」

桐乃小跑步地跟在一邊扣上雨衣，一邊走向玄關的我身後。最裡面的房間傳來女兒們的歌聲：「我的，我的男朋友——」就這樣反覆地唱著。這首〈我的情人是左撇子〉的歌，似乎已成了三姊妹的最愛。

「你是去找那女人吧？」桐乃俯視著正把腳套進長靴的我。

實在無法將「女人」這詞與田村幸子有所連結，所以不知如何回應妻子的結果，就是乾脆不理會。

「別把我和妳混為一談。」

一出門，斜斜襲來的雨，打在雨衣上發出聲音、打在臉頰上濺出水花。雨水在我的腳邊像成群的蛇，一邊繪著扭曲的線條，一邊快速流走。我的肩膀和頭頂不停被雨水敲擊，一股鏽味竄鼻，指尖好冰冷，腦子深處已麻痺；即便如此，我還是不停往前走。

她應該不在家，而是和家人待在醫院吧？總之，還是得去一趟才行。因為那女孩對我有恩。我滿腦子只想著這件事，要是不這麼想，就沒勇氣前行了。

河川水位高漲，眼看就快溢出，扭曲的水面有如漆黑的妖魔鬼怪般蠢動著，被狂風一吹又改變了形體。有塊像是被風吹落的木板掠過頭頂，一想到要是被這東西直接命中，頓覺驚恐無比。

雨煙濛濛，在一片深灰色景致中，瞧見曉市場的平坦建築。大家跑去哪裡避難了呢？木造建築顯得極度不牢靠，鐵皮屋頂被強風掀翻。我不斷用手抹去跑進眼裡的雨水，眺望堆在市場入口的沙包，以及正敲打著一旁長屋窗子的木板。

田村幸子的家在最裡面一帶。陡然間，孩子的哭泣聲掠過耳邊，我停下快步前行的腿步張望四周，尋找聲音方向，不過雨煙中僅瞧得見前方幾公尺遠，只好拚命凝神注視，確認是否有人影。

只見前方有個人牽著正在哭泣的孩子，努力往前走。道路已成了一條淺淺的小河，她們似乎被困住了。

「小山田先生？你怎麼會在這裡？」

原來是田村幸子。

「我很擔心市場這邊的情況，想說過來看看，而且他們是我很重要的客戶。」

我的這句話讓田村幸子那對藏在雨衣下的雙眸睜得好大。

「大家應該都去自治會館那邊避難了。」

田村母親他們在醫院照顧住院的弟弟，家裡只有她和妹妹。本來要和附近的居民一起去避難，只是害怕的妹妹一直躲在閣樓，因此她們晚了一點才出門。

「這孩子脾氣很拗。」田村幸子緊抓著不停哭泣的妹妹的手，難為情地說。

我一把抱起她的妹妹，小女孩不高興似地又哭又踢。

「不怕不怕，乖喔！好了，我們走吧！」

暴風雨中，田村幸子緊跟在我身後，一起奔向會館。雨水滲進長靴，腳底發出啪啪水聲。

我敲門，來應門的是一位頭髮花白的男子，他是食品店的柴田老闆。

「你是和平食品的……」

「我叫小山田，我拿了些咖哩過來。」說完，我用他遞來的手巾擦頭。

榻榻米房間聚集了二十人，散坐四處，附近居民正用白開水泡著從家裡帶來已冷掉的白飯。幸好會館裡有瓦斯爐等設備，也有鍋子和餐具。

我借了鍋子，溫熱帶來的咖哩調理包。

「你還特地跑一趟，不好意思啊！」柴田拍了一下我的背。

我將白飯倒進盤子，淋上咖哩，霎時熱氣竄升，柴田「喔喔」地發出感嘆聲。

「這個真不錯啊！」

眾人把一盤盤盛著咖哩的盤子傳遞給每個人，會館裡滿溢的香味，促使原本無聊在榻榻米上翻來滾去的孩子們齊聚。

「果然熱熱的東西最好吃了。」

「就是呀！」

看著大家開心地吃著，我心想：儘可能地全都帶來，真是太好了！儘管在雨中走了許多路的緣故，雙手冷冷麻麻的，內心深處十分溫暖。

吃到肚子都發脹的孩子們，突然大喊：「跳啊跳——！」、「啪噠！」我感到納悶，一問之下，才知道原來他們在唱〈青蛙小精靈〉這齣動畫的主題曲。

「就是附著在衣服上的平面青蛙蹦吉啊！牠會說話喔——！」有個孩子一臉不屑地說：「不會吧？歐吉桑，你不知道嗎？」

附著在衣服上的青蛙會說話？這到底怎麼回事？我完全聽不懂孩子們那沒頭沒腦的說明。

就在我心想女兒們應該知道時，胃猛然一陣刺痛。外頭的風勢依舊強勁，傻子會不會害怕得一直哭呢？美海子總是取笑妹妹膽小，誠子就會責備她不可以這樣。眼底浮現三姊妹互動的情景。

我分配完咖哩後，尋找田村幸子的身影，發現她和妹妹蜷縮在房間一隅。

「小幸也來吃咖哩吧！」一個女人招呼道。

「我不餓。」她臉色蒼白地婉拒。

妹妹可能哭累了吧，頭枕在她的膝蓋上，縮著身子睡著了。

我端了一盤咖哩給田村幸子，神情疲憊的她抬起頭。才短短幾天沒見，雙頰明顯消瘦不少，在亮一點的地方更看得出來。

「我聽說妳弟弟的事了。」我把盤子遞向她。「多少吃一點吧！」

「不用了。」田村幸子別過臉。

「肚子不餓嗎？」

「不能只有我吃飯。」

田村幸子雙手掩面，手指纖細得好可怕，指甲好小一片。

「妳這話是什麼意思……」

「我弟他——，」她的叫聲像要劃破空氣般高亢，悲痛地迴響著。「我弟他越來越瘦，有時連一口飯也沒力氣吃。他明明才八歲啊——！」

我沒問究竟罹患什麼病，但不難想像應該是藥石罔效的疾病吧！

「我沒辦法為他做些什麼，沒辦法為那孩子做什麼……」

在流理臺附近吃咖哩飯的人們似乎察覺到不對勁，全都看向我們這裡。

年紀輕輕的她卻要背負沉重無比的東西。

「小幸。」

不知何時站著我身後的老婦人，索性坐在田村幸子身旁。

「這時候更要吃點東西啊！」

沒錯！就算不吃東西，也無法救弟弟。

即便是只能眼睜睜看著一個人逐漸衰弱的絕望時刻，也要吃東西才行。因為在這般情況下，唯有進食者才能活下來，才能抱緊越來越衰弱的人。

「她說得沒錯，這時候更要吃點東西才行，知道嗎？小，小幸。」

我直呼小幸，只見她微笑地接過盤子，慢慢地一口一口吃著。

「咖哩還熱熱的。」一道淚水滑落她喃喃自語的臉頰。

☆　☆　☆

以前聽人家說過，活了幾十年的身體會陸續出現不少毛病。

來才藝中心學習的高齡學員們，也常說自己膝蓋痛、血壓高，曾經生過什麼大病。倒也不是坦白什麼重大秘密似的嚴肅，就是像哪間超市的魚賣得比較便宜、孫子明年要上小學般閒聊日常的口吻，因此我一直沒有認真看待他們說的這些話。

關於外公的心臟不好這件事，總覺得自己不太能理解。不，不是「總覺得不太能理解」，而是根本搞不清楚狀況吧！

昨晚外公突然發作時，要是只有我一個人在場，又該如何是好？外公今天有乖乖去醫院看診嗎？雖然他說自己一個人去沒問題。

我在梅田開完會後，已經晚上六點多了，遂打電話回辦公室，告知我要直接下班。好久沒走進來的大阪車站內，比記憶中的風景冷清許多，或許是少了外國遊客的關係。

今天是和一位住在大阪市內，在自家開設植物藝術繪畫的白鳥女士開會。她從這個秋天開始在我們的才藝中心開設這門課程，想就課程內容討論一番。

白鳥女士從今年二月到七月的今天，一直都謹守防疫規定，居家自肅。她說久違地與人碰面，還能在外面喝下午茶，真的非常開心。我們開完會後，她又加點了蛋糕。

「別人泡的茶好好喝喔！」她一臉滿足地說。

想起方才和白鳥女士開會一事，就覺得胸口熱熱的，努力壓抑這般情感的同時，卻又想留住這種感覺，我的步伐平常更輕快。

白鳥女士起初頗為猶豫是否要接下這份講師的工作。

「畢竟繪畫是最不重要的技藝，不是嗎？何況這時候悠閒地畫花，可說是最沒工作價值的事吧！」

我非常明白她的意思。比方說，醫護人員是現在最需要的人才，製作日用品、食品的人，還有將這些東西送至消費者手中的人也是如此；然則像是植物藝術繪畫之類的，就算沒這玩意兒，大家也能活下去。簡言之，從事這項創作的白鳥女士，還有擬定「悠閒」學習企劃的我，就算消失也不會造成別人的困擾。

「為了延續生命而提供什麼的工作，與傳達繪畫是很愉快之事的工作，並無孰輕孰重之分。」

替人治病、療傷的人很偉大，栽種、製作食物的人很偉大，所有與維持生命運作有關的人都值得尊敬。縱然如此，白鳥女士做的事也有其意義。

「我認為自己的工作很無趣，反而覺得能夠催生出什麼的工作真的很厲害，不管是吃的、用的還是繪畫。請千萬別看輕自己的工作。」

「你說的沒錯。好，我願意擔任講師。」

白鳥女士詫異地睜大雙眼，終於接受我的邀請。

「不過，我覺得佐野先生的工作也很重要呢！」

我的工作也很重要？還是第一次有人對自己這麼說。我一邊反芻臨走前，白鳥女士說的這句話，一邊加快腳步

想說難得有此興致，先去趟書店再回家，本來打算買本對工作有所助益的書，雙腳卻無意識地走向﹝醫療、看護社會福利﹞專區。

儘管外公要我不必擔心，但畢竟一起住，還是想多少瞭解一下這個疾病。梓希曾說：「**和老人家一起住，不是件簡單的事。**」我現在也這麼覺得，才更不想一

點心理準備都沒有。

我拿起一本叫《清楚瞭解心臟病》的書翻閱時，斜後方傳來有點猶疑的聲音。

「桐矢？」

「……美海子阿姨？」

偌大的布口罩幾乎遮住整張臉的四分之三以上，我一時之間沒認出是誰。

「你在這裡做什麼啊？」

美海子阿姨語帶質疑，也許她沒這意思，只是說話口氣聽起來就是比較強勢。

「因為工作的關係，我來這附近開會。」

「咦？桐矢？」

身後又傳來讓我回頭的熟悉聲音，果然是我的反應慢半拍，不過這次不是因為口罩的關係，而是對方的穿著。

七海最近多是以和服裝扮，就算不穿和服，服裝的顏色和花樣也偏華麗，因此我一時認不出眼前這位身穿純白連身洋裝，搭配白色高跟鞋的女人是誰。

「七海，妳怎麼了？為什麼穿成這樣？」

「什麼意思？我才奇怪怎麼會在這裡遇見你。」

我察覺另一個讓我覺得不太對勁的存在，那就是有個男的站在七海身旁。

只見往後退一步的他，露出明明在看我和美海子阿姨，卻又佯裝無視的表情。該怎麼說呢？雖然沒有眼神交會，但他確實看向我們這裡；明明是活生生的人，卻長得像肖像畫裡的人。

肖像畫是七海正在交往的對象，她要向母親正式介紹自己的男友，才約在這裡碰面，沒想到巧遇我。

「敝姓田崎。」肖像畫以爽朗的嗓音報上名字。

「你是桐矢吧？我常聽七海提起你。」

到底都講我什麼啊？也許我心中的不安寫在臉上。

「她說你就像親弟弟。」田崎微笑地補充道。

「還真是剛好呢！桐矢，你過來。」

美海子阿姨一把捉住我，就這樣拉至書店附設的咖啡館，坐在靠牆的四人座。

「桐矢是喝一般咖啡吧！」

七海不待我回應，便和田崎走向櫃臺。

為何她向母親介紹男友，我非得列席？

「我要回去了……」

正打算要起身，美海子阿姨立刻捉住我的手，硬要我坐下來。

「你也幫忙審核那孩子的交往對象吧！拜託了。」

她雙手合十，口氣有些不安，莫非她很緊張？

「我朋友的女兒去年結婚。」美海子阿姨以這句話打開話匣子。

美海子阿姨與朋友初見男方時，都覺得對方是個好青年，但她朋友的丈夫和兒子卻非常反對，直言「那男的不是什麼好東西」，最終他們還是結婚了。沒想到朋友的女兒婚後不到一年便因受不了家暴，搬回娘家住。美海子阿姨和她朋友至今仍對此懊悔不已。

「孩子的爸不在，就是會變成這樣。」

美海子阿姨伸手按著額頭，還是第一次看見她這麼無助的模樣。

「沒這回事，別這麼說。」

「肯定有同性才能識破的部分。桐矢，拜託你了。」

明明她從以前就把「我可是不靠男人，獨自撫養女兒」這句話掛在嘴邊，怎麼現在會變得如此怯弱？

「他給你的第一印象如何？嗯？」

美海子阿姨不停湊向我，近到我只好不斷往後坐，差一點從椅子上滑落；偏偏美海子阿姨這舉動和她最討厭的父親一模一樣。

「我們剛剛才初次見面啊！」

「沒錯，就是這個！我要問的就是『初次見面的印象』。我說你啊，一遇到緊要關頭總是一副不知所措。」

就在我們交談的過程中，美海子阿姨似乎重拾氣勢，藏起方才畏怯的模樣，眼中又一如往常地閃爍著忍不住想挖苦別人的光芒。

「我比較在意七海的穿著，和平常的她不一樣，應該是為了配合田崎先生的喜好吧？」

「應該是喔！畢竟穿得保守一點，男人比較能接受。」

「嗯……可是我覺得平常的七海比較好吔！」

「那孩子想在三十歲之前把自己嫁掉，田崎肯定就是她的結婚對象吧！」

想在三十歲之前結婚……。七海是這麼打算的嗎？我知道世上多的是這麼想的人，這也不是什麼壞事，只是沒想到連她也會如此。

兩人端著四杯咖啡回座。於是，關於田崎是在建設公司負責廣宣方面的工作，他與七海是在讀書會上認識的，還有由於彼此都很喜歡看書，書店便成了最佳約會場所，今天之所以決定約在書店附設的咖啡館碰面，也是希望氣氛輕鬆一點之類的談話內容，就在我是否在場都沒差的情況下，沉穩地展開。

「不好意思！」

七海起身離席，美海子阿姨也依樣畫葫蘆，可能是去洗手間。

也不必一起去吧？別讓我單獨面對他啊！

「你打算和七海結婚嗎？」

不知要聊些什麼的我只好丟出直球，搞不好是和外公同住的這段時間，不知不覺間染上他的惡習。

端起馬克杯，正要啜飲的田崎把杯子放回桌上，挺直背脊。

「我想她應該會跟你們說，不過，由我先說也行。」

她？確實是以「她」稱呼七海。明明事關七海，卻覺得像在說陌生女子的事。

「我今年三月剛和妻子離婚。」

什麼跟什麼呀？田崎這番衝擊性告知，使我瞬間飛至銀河彼端。

「欸？妻子？」

田崎說他當然打算和「她」結婚，只是考量到父母的心情，今年可能沒辦法。

即便他說了一堆，我還是無法理解。考慮父母的心情？什麼意思？

「等，等一下。意思是，你和七海才交往四個月左右嗎？」

「呃，這個嘛……」含糊回應的他，顯得有些尷尬。

我這才明白田崎和七海交往時還是人夫，而且美海子阿姨也知道這件事。

我本想說些什麼，話到嘴邊又吞了回去，太陽穴一帶頻頻冒汗。這根本就不是「只有同性才能識破」的問題啊！

七海她們還沒回來，我瞄了一眼手錶，已經快晚上七點。

「抱歉，我得回去照顧外公，先走一步。」

我快步離開書店，過了好一會兒，才想起自己沒買那本關於心臟病的書。

我在電車上掏出方才拿到的名片，試著上網搜尋『田崎春樹』，發現一個社群平台帳號的大頭貼照是以樹林為背景，鏡頭似乎是從斜上方拍攝，一派矯揉造作的男性畫像。雖然臉部無法清楚辨識，但應該是田崎的帳戶沒錯。

——與情人同時閱讀同一本書，讀完後，聊聊留在彼此心裡的文章。

逐漸發現彼此的相異之處，現在的我就是喜歡這樣的相異之處。

情人的連身洋裝有如朗朗晴空般美麗。

雨天。與情人一起走到陽臺，渡過一段只是聽著雨聲的時光。

總之，就是以這種風格書寫連篇關於「戀人」的文章。倒也不至於看不下去，只是我索性關掉畫面。

下次碰到美海子阿姨時，要是她問：「你覺得田崎先生如何？」我該如何回答？即便是我討厭的類型，搞不好和七海很合吧？

越想心情就越沉重，就在我拖著沉重步伐走在回家路上時，佩利乍然傳來貓咪吸食肉泥的影片，還加了「史賓，好可愛喔！史賓——」愛撫貓咪時的嬌嗔聲，看來這隻貓應該是叫「史賓諾沙」。

明明我沒要求他，卻在這時傳來影片，莫非他能讀心？搞不好他能心電感應，只是我一直沒察覺呢！「心電感應佩利」這句話的語感真不錯。

「怎麼這麼晚才回來啊！」

我在浴室洗手時，外公探頭窺看。

「有點事……偶然遇見美海子阿姨她們。」

「……是喔！」

我打開冰箱，看到有蔥和蛋，配菜可以做玉子燒，除此之外就只剩素麵了。

「八成是在說我的事吧！」

我又打開櫃子拿出素麵，一盒盒咖哩調理包頓時掉了下來。之前買的都還沒吃完，外公又買新的，果然都是甜味。

「她們都說些什麼？」

其實根本就沒說他的事，但畢竟是十分殘酷的事實，決定敷衍一下，

「沒啦！沒什麼。」我簡短地回應。

「是喔！」

「外公，咖哩調理包還有很多，別買了。」

我趁外公一臉落寞地垂著自己的肩時，轉移話題提醒他，卻又覺得自己似乎說了什麼很過分的事。接著我看到盒子背面以潦草字跡寫著：〔萩野掃墓〕，不免嚇了一跳。外公為何總是隨手寫字啊？

「美海子阿姨和七海應該沒空說你什麼吧？」

「沒空是什麼意思？那她們是在忙啥？說啊！」

為了讓纏功一流的外公住嘴，只好簡單說明七海想結婚一事。

「結婚啊……」

雙手交臂、視線有些猶疑的外公，露出像在吟味食物鮮甜的表情。

「美海子的女兒也老大不小了，是該找個人嫁了。」

「我不覺得。」

我聳聳肩，用微波爐加熱冷凍飯。這樣一來一往的對話，讓我連煎玉子燒、汆燙素麵的力氣都沒了。打開咖哩調理包，淋在白飯上，再灑些起司放進烤箱，接著在正中央凹下去的地方，打顆蛋進去就大功告成了。

「那孩子沒有父親。」

那又怎樣？現在的我連反駁氣力都沒有。

焗烤咖哩飯對於八十幾歲老人來說，味道會不會太重啊？少放點起司比較好吧？算了！取出盤子時，我才想到口味的問題。

「外公從沒見過七海的爸爸嗎？」我忍不住探問道。

「忘了。」

我馬上就察覺外公在說謊，他根本連想都不想，便說「忘了」。

「喔——是喔！」

我佯裝不在意，撕開真空包裝，不知是不是用力過猛，指尖有些刺痛。

這時，手機螢幕顯示七海傳來的訊息。

『我不知道我媽跟你說了什麼，但不需要桐矢品頭論足我的結婚對象。』

吃完焗烤咖哩飯，外公依舊發著牢騷。

「咖哩調理包還是用一般吃法最好吃。」

充耳不聞的我，在煩惱許久後，還是回訊給七海。

『妳真的要和那個人結婚？』

五分鐘後收到回覆，我思索一會兒後，又傳訊過去。

『現在幸福嗎？』

訊息立刻顯示已讀。

不管對方在我眼中看來如何，只要七海打從心底喜歡就好。要是為了「必須在幾歲之前結婚」這樣的理由而忽略最重要的事，那我說什麼都會全力阻止。

『當然呀！』

我煩惱著是否該送出訊息，結果還是按下傳送鍵。

『真的不是因為心急？沒有勉強自己吧？』

『蛤？』

簡短回訊能感受得到她的盛怒。我太敏感嗎？總覺得這字有如一把利刃。

『你憑什麼這麼問我』

七海氣到連問號都省略了。

之後不管我再怎麼傳訊都顯示未讀，可能被封鎖了。看著自己傳送的好幾條訊息，清楚知道徹底搞砸了。

★
★
★

不曉得從額頭滴落眼裡的究竟是自己的汗水還是雨水，我拚命地奔跑。大到像在敲打的雨水彷彿狙擊眼睛似地竄入，我用手掌像要撕碎般地用力抹去。跑在前方幾公尺遠的女兒，穿著顯眼的鮮豔紅裙。

美海子一個勁地跑，頭也不回地死命奔跑。

想說梅雨季已經過了，沒想到雨依舊下不停。好討厭下雨，令人心情陰鬱焦躁，加上今天發生這種事。搞什麼啊？為什麼、為什麼，為什麼搞成這樣？

我一直覺得三個女兒中，二女兒美海子最聰穎機靈。每次長女與么女吵嘴時，她總是一副事不關己，秉持中立的態度；我認為身為女人的她，有著不會被感情耍得團團轉的冷靜與理性。

沒想到這樣的美海子，居然情緒激動到上演這齣雨中奔跑的戲碼。是出於對我的憤怒、憎惡，還是都有？

為什麼搞成這樣？拚命緊追女兒的我懊惱不已。歸根究柢就是不該下雨，要不是因為下雨，我也不會趕著回家，就不會撞見那一幕。

再次察覺自己有多麼不想知道，一旦知曉真相，就得有所反應。我擦拭著眼角，襪子早已濕透，發出咕嘰聲響，不時竄入口中的雨滴有股苦味。

回想起僅僅十幾分鐘之前目睹的光景——

由於今晚要和尾木他們一起去露天啤酒派對，便告知了誠子我會晚點回家。自從五年前和桐乃離婚後，家務就落在女兒們身上；長女誠子很能幹，總是把家裡打點得很妥善。沒想到露天啤酒派對因雨取消。

我一回到家，發現客廳昏暗，四周一片靜寂。

「喂，有誰在家嗎？」

我喚著女兒們的名字，有股不好的預感。難不成被闖空門、綁架？可是玄關大門上鎖，家裡也沒被翻箱倒櫃。

擺在公司的折傘一點效用都沒有，袖子、肩膀都濕了，令人心生不快。焦躁不已的我搔著脖子，大踏步地走在走廊上。位在走廊盡頭的美海子房間裡，傳來小小一聲「咔咚」的聲響，我推開拉門，瞧見美海子在房間一隅與男生相擁。

兩人勉強算是有穿衣服，只是美海子的襯衫胸口敞開，一看就知道他們正在做什麼。那男的像女人一樣留著長髮，瘦得和小孩子沒兩樣。我一把揪住他的胸口，那男的慘叫一聲。不過，比起女兒帶男生回家一事，讓我更惱火的是，居然和這麼娘娘腔的男生在一起。

我緊揪住那個男的，美海子猛然撲向我，對著那男的大喊：「快逃！」

他連看也沒看美海子一眼，便倉皇跳窗逃走。真是有夠窩囊！

我高舉的手頓失去向，只好賞了女兒一記耳光。

「最討厭你！」

美海子大吼一聲，衝出家門，也就演變成這場追逐戲。

跑在前方的美海子突然腳滑跌倒，急著想站起來時又滑倒。

「給我站住！」追上來的我怒吼道：「妳幹麼逃？」

「因為你在後面追啊！」

「那男的是誰？到底是誰?!」

「我不想說，和爸爸無關。」

跌坐在地的美海子斜睨著我，她襯衫的胸口敞開，我脫掉西裝外套想幫她披上，美海子卻嫌我的外套是髒東西似地揮落，外套就這樣落在水窪上，像具悲慘無比的小動物屍體般緩緩攤開。

「最討厭你了！」美海子坐在濕濕的地上哭泣，她的面前噴濺著雨水混著唾液的水滴。「你憑什麼打人?!」

「這種事還要問嗎？妳趁家裡大人不在，支開姊姊和妹妹，偷偷帶男生回家，不是嗎？」

「我終於明白媽媽的心情。」

我的質問聲被美海子這句話給掩沒。

「難怪媽媽那麼討厭爸爸，討厭到不行！果然有道理！」

頓覺全身氣力從肩膀、膝蓋散盡，眼看就要當場癱軟的我勉強撐住。

「……是喔！隨便妳。」

我拾起西裝外套，轉身離去。

總算明白自己徹底失敗，就連教育女兒的方式也是，一切的一切都失敗了。

不曉得該如何挽回，本來就沒法子挽回。

身後傳來美海子不知道在吼叫什麼的聲音，卻聽不太清楚。

第四章　肉醬咖哩三明治

☆　☆　☆

一時發呆的我在切菜時，不小心切到手指，傷口雖不深，但鮮血一直滲出，隨手抓來的毛巾已染上紅色。

「外公，有ＯＫ繃嗎？」我按住手指上的傷口，走進客廳。

「急救箱裡有。」

外公邊說邊站起來，隨即拿來一片ＯＫ繃，還幫忙撕開，貼在傷口上。

「把手擱在頭上。」

「一點小傷啦！」

「臉都發白了。」

外公似乎看穿我內心的不安，隨即又若無其事地別過臉。我處理好傷口，正準備回廚房時，外公揮著雙手示意。

「先別忙，過來坐。」外公望向別處，用大到像在喝叱的嗓門說道：「最近你不太對勁喔！」

我卻不知如何回應，我和七海還沒和好，時序就這樣進入八月。

「你是想做啥啊？」

「我想炒高麗菜，搭配魩仔魚。」

把汆燙過的高麗菜與魩仔魚乾，用胡麻油拌一拌，是父親獨自到外地工作前常做的一道菜。由於父親的腸胃不太好，經常做高麗菜料理。每當經營美容院的母親週末假日要工作時，家事就由父親一肩扛起，梓希和我後來也得分擔家事。

由於現在是八月，買不到高麗菜，也找不到魩仔魚，只能以魩仔魚乾來代替。不過，搭配白飯與味噌湯，非常適合作為沒什麼食慾的二十幾歲與八十好幾男人的週日午餐。

聽我這麼說明的外公，不屑地鼻哼一聲。

「我討厭魩仔魚乾。」

「啊，是喔！」

「要在嘴裡嚼好久，我不喜歡吃這種東西。」

外公像是見到殺父仇敵似地斜睨魩仔魚乾，開始洗手。

「今天的午餐我來做，你坐著等吧！」

他剝著擺在砧板旁的高麗菜葉，然後用手撕碎。

「外公，你會做菜？」

「只會做咖哩啦！」

他打算做咖哩囉？要用高麗菜當配料？我好奇地盯著看，只見外公打開鮪魚罐頭，倒入油鍋，然後加入高麗菜一起拌炒。

「高麗菜搭配鮪魚的咖哩？」

「是啊！這樣就用不到菜刀了。」

「……好吃嗎？」

「嗯，我是不知道你對咖哩口味的包容力有多大，不過絕大部分的食材，用咖哩塊煮都很搭啦！」

外公誇口說什麼不管是油豆腐、白蘿蔔還是竹輪都和咖哩很配，看來他八成試做過。為什麼面對這些食材，外公不是拿來煮關東煮，而是用咖哩烹調呢？我很好奇這一點，卻也想嚐嚐加入油豆腐的咖哩；之前在某本漫畫看過加了竹輪的咖哩，所以也想嚐鮮。

「我去洗毛巾。」我想快點洗去沾在毛巾上的血漬。

把毛巾泡在洗手檯時，莫名想起母親以嚴厲的口氣曾說的話：「事到如今，沒必要知道。」

昨天我回老家拿衣物，想說母親肯定又在看預錄下來的連續劇。沒想到久違的老家居然一片靜寂，母親坐在飯廳，直盯著擺在桌上的東西。

原來是用毛線編織的背心，不，不是一般背心，而是屬於西裝背心款式，有別於粉紅與紅色的薔薇色。

「這是我小時候，你外婆織給我穿的。」

小到要說是洋娃娃穿的，我都信。母親也有穿這種衣服的時候嗎？我有時會忘了任誰都有童年這個的事實。

「以前啊，小孩子的衣服都是媽媽親手縫製呢！」

「是喔！」

「你去幫我煮杯咖啡吧！」母親倏忽要求道。

我們就這樣在飯廳坐了一會兒，而她似乎很在意這件背心，一直凝視著。

「手作不是給人一種『充滿愛』的感覺嗎？」

「呃……是喔？」

「母親為了孩子，一針一線地縫製，像是一段溫柔時光。」

我無法理解，畢竟常聽手工藝課程的學員、講師說：「踩縫紉機時，很帶勁。」、「每次編織時，就會不斷分泌巴多胺。」所以母親是否過於自我陶醉呢？

「我忍不住想，外婆在做這東西時，究竟是懷著什麼樣的心情呢……」

「什麼意思？」我反問。

母親沉默半晌，改變了話題。

「對了，美海子姊……突然要我代為轉達，說什麼硬是要你陪同，不好意思。這是怎麼回事？」

母親很好奇七海的交往對象，無奈從我口中說出的絕對不是什麼好話。

「為什麼美海子阿姨未婚生下七海呢？」

我之所以這麼問，只是為了轉移焦點。

只見母親又開始撫弄背心，沉默一會兒。

「……美海子姊高中畢業後便離家出走，有段時間音訊全無。」

某天，突然回家的美海子阿姨，抱著還不滿半歲的七海。因為她不想提自己音訊全無這段時期的事，所以至今也沒人知道。

「反正你對她們的事也沒興趣，不是嗎？」母親的口氣既嚴厲又強勢。「今後也沒必要知道。不管怎麼說，美海子姊回來後成了比別人更努力工作的母親，獨自撫養女兒長大，真的很了不起。事到如今，更沒必要知道以前的事。」

我感受到母親毅然拒絕我繼續問下去的態度，足見三姊妹的情誼有多深厚、多團結。

我有這麼不關心七海、美海子阿姨嗎？正在搓洗毛巾的我捫心自問。順利清洗掉血漬，沒留下痕跡。

我當然關心，但僅限於在我面前的她們。要是哪裡不舒服，我必定會擔憂，也會認真傾聽她們所言。

毫無疑義地，我時常掛念著她們，無論是美海子阿姨還是七海。對我來說，她們不是可有可無的存在，我只是沒有表現得很積極就是了。

我想擰乾毛巾，卻因為手指受傷的緣故，使不上力。

我不想失敗！一直以來抱持這個信念，最近卻覺得這樣的態度與決心頗失敗。我一直祈願低風險低報酬，結果連低報酬也得不到，到頭來成了無法與任何人交心、無趣至極的人。

門鈴響起，我把濕毛巾扔進洗衣機，跑去開門，原來是葉月與小弦。

對於穿著不怎麼樣的居家服的自己深感羞恥，頭髮還亂翹，無奈為時已晚，我只好努力裝作若無其事地打招呼。

「啊啊——，午安，你們好。」

「這是聯絡板。」

八成費了一番功夫才努力記住這個詞，小弦的口氣聽來頗生硬，把手上的聯絡板遞給我。

「謝謝。」我像是接過畢業證書般恭敬。

今天小弦帶的不是用保鮮膜紙芯做的刀子，而是腰際掛著用手帕做成的槍套，套入的是劍玉，不是槍。用半透明素材做的劍玉，還內建LED燈。

「托兒所最近流行玩劍玉的樣子。」

「是喔！」

「他一直努力練習，卻怎麼也練不好。桐矢，你會玩這東西嗎？」

「這個嘛⋯⋯我小一時玩過。」

我向小弦借劍玉，想說試試看。

小學時有一堂〈瞭解古早味遊戲〉的課，課堂上教大家打陀螺、玩沙包、劍玉等。那時用的是木製劍玉，不是半透明製品，也沒有內建ＬＥＤ燈。

是這樣吧？正這麼思忖時，就被拋甩出去的球直接命中受傷的食指。

外公聽到我的慘叫，驚慌失措地衝到玄關。

「發，發生啥事啦?!」他驚呼道。

「外公，你會玩劍玉嗎？」

我痛到蜷縮身子，發顫地把劍玉遞向外公。

「應該會吧！」外公一臉好奇地接過。「現在的劍玉長這樣啊！」

他要弄了一下，只見球筆直往上彈飛，隨即又像有磁鐵吸附似地回到小盤子。

葉月「哇喔」地驚呼鼓掌。

劍玉響起喀喀的清脆聲，外公一派從容地操控劍玉。

「你會『環遊世界』這招嗎？」小弦滿懷期待地抬頭看著外公。

我知道「環遊世界」這一招，但不清楚是什麼樣的招術。

頷首回應的外公，最終還是未能讓球歸位，宣告失敗。

「再一次！讓我再試一次！」外公一臉認真地搖搖食指。

這時，從廚房飄來一股濃郁的咖哩味，我趕緊衝過去看，差一點就燒焦了，趕緊關火。

明明沒有燉煮太久，鮪魚卻像熬煮很久的肉一樣入口即化，高麗菜也煮到軟爛，還沒親嘗就知道一定美味。起初還懷疑高麗菜與鮪魚是否適合咖哩口味，看來咖哩還真是百搭。

玄關那邊的聲音朝我這裡趨近，先是外公，緊接著走進客廳的是葉月與小弦，似乎要來一場劍玉教學。

「外公，你很會玩這東西嘛！」我誇讚道。

「我也很會放風箏哩！」外公馬上得意地挺胸。「我在你這年紀的時候啊，可是對這種遊戲一點都沒興趣。」

眼看又要激起他內心的哀怨情仇，我趕緊逃進廚房。

「不好意思喔！突然來打擾。」

即使葉月抱歉地縮了縮肩，外公還是會強勢表明：「我來教他吧！」

他挺會玩劍玉，但有辦法好好教別人嗎？親眼目睹過無數次他的粗暴態度，還真的從未見過他對小孩子發火，面對任性彆扭的小弦，也很有耐心。

「葉月小姐，不嫌棄的話，要不要留下來一起吃午餐？高麗菜咖哩。」

而且是甜味咖哩。慶幸外公到現在還是深信：桐矢喜歡甜味咖哩。

「我討厭高麗菜。」小弦噘嘴說道。

「不可以偏食喔！」外公搖搖頭。

實在很難想像，那麼厭惡鮂仔魚的人會說出這句話。

「桐矢，你去拿我的劍玉過來，應該是放在房間的某個地方吧？」

一走進外公的房間，我傻眼了半晌，明明昨天才清掃，東西又開始亂扔。

「放在哪裡？」

我邊皺眉抱怨，邊把隨手扔在榻榻米上的襯衫放到旁邊。

壁櫥塞滿裝衣服的箱子、紙箱，還有搞不懂用途是什麼的暖氣機。打開放在上層當作收納用的糖果罐，裡頭雜七雜八地塞入〈和平食品股份有限公司〉頒發的全勤獎牌，以及削得短短的鉛筆等。外公到現在還是對咖哩這商品很感興趣，但像這樣具有紀念價值的獎牌卻隨手擱在這裡，實在很難判斷他究竟有多愛老東家。

舊衣服的紙箱，還是處分掉比較好；搞不好買回來才用幾次的健康器具，這也是處理掉比較好。當然，我無權隨意丟棄別人的東西。

此時，擺在走廊上的電話響起。這個家的電話倒是常常響起，一聽就知道是非法取得個資，鎖定獨居老人為推銷對象的電話。

「我來接！」我朝客廳大喊，拿起話筒。

這絕不是推銷商品的電話。當話筒抵著耳朵的瞬間，不知為何我就明白了。

『請問是小山田義景先生的府上嗎？敝姓櫻井。』

電話那頭傳來低沉的男人嗓音。

對方像要蓋過我請外公來聽似地迸出『家母過世了。』這句話。

『家母名叫桐乃，請代為轉達。』

★　★　★

同事的那份料理幾乎原封不動，生魚片已經乾掉，失去光澤，茶碗蒸一定也冷掉了。簡直是暴殄天物！我痛苦地眺望著，喝了一口酒。自己的這份料理已吃得精光，盤子空空如也。

我教導女兒們要珍惜食物，因此必須以身作則，即使是在女兒看不到的尾牙宴上，也不能做出無法自圓其說、浪費食物的行為。

宴會開始後，我旁邊的同事只坐了十幾分鐘，便隻手拿著酒壺繞著呈ㄈ字形配置的桌子逐桌斟酒，直到現在才回座。

「喝吧！」

同事把酒壺遞向我，我拿起酒杯，杯裡殘留的酒晃了一下，濡濕手指，趕緊一口飲盡。尾牙宴已進行了一個多鐘頭，一直端坐的我再也受不了，決定解放膝蓋，換個雙手往後撐在榻榻米上的輕鬆姿勢。

大家的話題始終繞著石油危機一事打轉，心不在焉的我只好應付似地附和幾句。要是問說哪一間超市還買得到衛生紙，價格貴了些之類的事，我可是清楚得很，也常把自己週日一早被老婆叫醒，騎著腳踏車去鄰鎮買東西的糗事告訴別人。

我明白石油危機一事有多麼嚴重，畢竟我們公司也會受到影響，要是無法確保包裝盒的紙材供應無虞，情況可就嚴峻了。

「剛才你和社長在說什麼呀？」

幫我斟酒的同事睜著有點紅又迷濛的雙眼看著我，看來他幫大家斟酒時，自己也喝了不少。

「剛才？」

我伸手按著太陽穴，思忖了片刻。腦子已呈現液狀，實在很懶得動腦，我花了幾十秒才想起在洗手間被社長搭話一事。

「沒什麼，只是打個招呼哩！」

社長只說了一句：「唷，你很拚喔！」他的鼻頭紅紅的，想必喝了不少。

「真的嗎？」同事一臉狐疑地瞇起眼。

非常想出人頭地的他，總是窺伺其他同事的一舉一動。身為男人理當要有上進心，但要我像這傢伙阿諛逢迎成那樣，可是打死都不願意。

咖哩調理包的銷量總算從今年開始逐漸上揚，一方面也是因為起用女星神田恒子作為廣告代言人，打開了知名度的關係。不過，我認為每週舉辦的試吃活動，也是功不可沒。

起初鎖定大學生為銷售對象，後來又想到應該還有其他地方也很需要熱騰騰的咖哩。大夥就這樣端出各種意見，像是值夜班的保全公司、建築工地、值夜班的醫護人員等，想讓這些人吃到冒著熱氣的咖哩，而不是冷掉的便當。

一直以來，小時候四處寄人籬下的記憶屢屢讓我消沉不已，明明是不該想起的回憶卻總是鮮明浮現，就連現在這般熱鬧的宴會場合也不例外。

我寄宿過好幾個親戚家，共通點都是「絕對無法讓我吃飽」。小學規定學生要帶便當，想當然耳他們不可能每天幫我準備，在沒便當可吃的日子，一到午休我就跑到中庭拚命喝水充飢。我最厭惡的是，就算極力忍著飢腸轆轆的痛苦，還是被同學識破，遭到無情地訕笑：「那傢伙肚子餓了。」

有一次，我再也忍受不了，半夜偷偷溜進廚房，已經忘了這是我寄宿的第幾戶人家。我翻找到塞著滿滿沙丁魚的罐頭，當場坐在地上狼吞虎嚥。就在這時，一隻手伸來粗暴地抓住我，硬把我拖到屋外，痛毆到鼻青臉腫為止。

一切都是為了吃飽，空腹促使各種機能變得遲鈍，好比判斷力、情感等。

我用眼角餘光感受同事的一舉一動，繼續獨酌。喝酒喝到微醺的狀況最好，身子會變得輕飄飄，不論多麼煩心的事都無所謂了。在家裡也是如此，女兒們的喧鬧聲頓時成了熱鬧的背景音樂。可惜這般好心情無法持久，現在我的腦子和身體彷彿被塞滿了小石頭般沉重，有點喝過頭了，誰叫我總是誤判時機。

我突然抬頭，發現坐在角落的尾木不在位子上。那傢伙最近臉色不太好，總是菸不離手，還時常發呆。

有位同事站起來，脫掉衣服，看來是要表演餘興節目。要是表演捉泥鰍的話，已經看膩囉！我在心裡嘀咕著起身離座。

剛好有人說瞧見〈森山食品〉的高層主管們，出現在店內的另一場宴席，於是大夥開始齊聲喧鬧，比拼氣勢，明明這麼做一點意義也沒有。

此時此刻，覺得位於走廊盡頭的洗手間格外遙遠。我小解完後正在洗手時，倏忽察覺到有人站在我身旁。原來是櫻井，我嚇得差點驚呼。

居然是〈森山食品〉的業務員櫻井，這傢伙為什麼在這裡？他是高層主管嗎？不，不對，肯定是他厚臉皮地央求參一腳，這傢伙就是會幹這種事。反正對於交際手腕一流的他來說，根本是輕而易舉。

「你好，小山田先生。你們也在這裡舉行尾牙宴嗎？」櫻井恭謹地招呼道。

看他沒面向小便斗，也沒拉起褲襠的拉鍊，似乎不是來小解，就只是一直站在我旁邊。

櫻井的個頭比我高，我怎麼樣都得仰望他，這就是我最討厭的一點。不顧手還是濕的，我索性後退一步，結果整個人往後倒，感覺體內驟然發冷，瞬間遭受巨大衝擊。我知道自己的後腦杓撞上牆壁，視野瞬間變成一片黑幕。

當我醒來時，瞥見一旁的櫻井。

我仰躺在榻榻米上，頭部下方傳來沉鈍聲響，似乎幫我墊了個冰枕。我只能轉動眼珠，看著櫻井。這裡到底是哪裡？他似乎還沒察覺我醒了。

周遭一片靜寂，但仔細一聽，還是聽得到從遠處傳來的喧鬧笑聲、杯盤碰撞聲。喝過頭的我在洗手間昏厥，至此的記憶還有。該不會是櫻井救了我吧？

櫻井盤坐面向窗戶，他那像女人一樣纖細的手指挾著菸，菸頭緩緩流瀉的白煙低低地籠罩在他四周，盡顯倦容的側臉微傾，始終閉著眼。

我喊了一聲「喂」，他才看向我。

「還好嗎？起得來嗎？」

我沒回應。

櫻井像是被風吹得搖擺的柳枝般舉起手，一邊捻熄菸，一邊用不帶情緒的口氣說明，他是如何將昏倒的我扶出洗手間，以及讓我在這間料理店二樓的休息室暫時歇息的經過。

「休息室……」我像個傻瓜似地複誦這詞。

這裡是方便員工午休，店老闆在這裡處理一些瑣事而設的小房間，所以沒人知道我們在這裡。

「我和這裡的老闆娘很熟，說一下就行了。」

櫻井俏皮吐舌的微笑模樣，竟讓我背脊發涼。

「我想和你好好聊聊。」

他說著瞇起一只眼，表情有點扭曲地望向我。是煙燻到眼睛嗎？

「聊聊？」我緩緩起身。

水盆上放著水瓢和杯子，我逕自倒了一杯水來喝。好冰涼，好好喝！有如潑灑在灼熱地面的水般沁涼了喉嚨。

「她後來還好吧？」

「她？」

「桐乃啊！」他喃喃道，又點了一根菸。

無色、昏暗的房間裡，只有這裡亮著紅光。

「喂，你幹麼提到桐乃呀?!」

我一吼，後腦杓就一陣劇痛，宿醉與撞傷的疼痛同時襲來。

「我上個月去綜合醫院時……其實是因為偏頭痛發作，不是什麼大毛病。」櫻井無視抱著頭、痛苦呻吟的我，繼續說：「回去時，在出口撞見桐乃蜷縮著身子，蹲在地上。她明明面色蒼白，還逞強地說：『沒事，不是生了什麼病。』……後來我送她回家，發現門牌上寫著小山田先生的名字，嚇了一跳呢！」

櫻井語畢，又吸了一口菸，眼神追逐緩緩吐出的煙，回想著上個月遇見桐乃時的情形。

我沒聽她說哪裡不舒服呀？

「我聽說桐乃結婚了，沒想到對象是你。」

頭痛欲裂的我，咬牙聽著櫻井說的每個字，腦中浮現那女人，也就是桐乃的青梅竹馬所說的話。沒錯，當時那女的笑著說：「聽到她居然是和在和平食品工作的人結婚，真的嚇一跳呢！」

「啊啊——」我發出了愚蠢的驚呼聲。

為什麼說是「居然」，我現在終於懂了。

「她的身體還好嗎？」

「我哪知道啊！」

櫻井的眼底深處像是掠過什麼陰影，薄薄的嘴唇似乎在說：真可憐啊！

「你說啥？」

「桐乃真可憐。」

憑什麼直呼她的名字！不管你們過去如何？桐乃現在是我的妻子，像你這樣的男人不配直呼她的名字！我很想這麼說，卻被櫻井眼底那抹陰鬱給奪去了話語。輕蔑！我明白他心裡在想什麼。

明明沒做過任何被他如此輕蔑的事，實在無法忍受他用這種眼神瞅著我。

「喂！」

櫻井無視我的咆哮，步出房間，殘留在菸灰缸裡的菸頭冒著細細的白煙。

☆　☆　☆

打電話來的男人說自己姓櫻井，櫻井幸四郎。

「那傢伙的兒子啦！」攤靠在電車椅背上的外公喃喃自語，並未看向我。「那傢伙叫櫻井正人。」

那傢伙，是外公還在〈和平食品〉工作時的商場勁敵，任職於〈森山食品公司〉，也是業務員。

「正派的人……叫這啥鬼名字啊！」外公的口氣依舊刻薄，氣勢卻不如往常。

櫻井正人，這名字在我聽過無數次的外公「回憶錄」中一次也沒登場過，他最常提起「尾木」這個人，不然就是「小幸」的事。

人腦不會將所有發生在自己身上的事，都以影像方式記錄下來，只會從龐雜的事實中，揀選自己想留下來的情報，製作成人生插曲。

我看了一眼手裡的紙條，我們正在前往伊丹的途中。

要說近，好像也不對，畢竟搭電車得花上一個多鐘頭。不過，明明彼此相距沒多遠卻連一次面也沒見過，而且對方還是與我有血緣關係的外婆，這件事讓我覺得現實呈現扭曲狀態，彷彿自己身處錯視圖中。

「桐矢，你去過嗎？」

「伊丹嗎？嗯，小時候吧！去過昆蟲館，我討厭蟲子，跟去地獄沒兩樣。」

本以為外公八成又會說：「堂堂男子漢居然怕蟲子。」之類的酸言酸語。

「那就好。」他嘆氣了口氣。「至少不是因為這種事第一次去伊丹。」

「為什麼？」

「場所會殘留記憶，今後這裡的街道在你的內心，會和今天的記憶連結，這不是什麼好事啦！」

「反正是我自己決定去的，沒事的。」

我暗暗詫異外公居然如此為我著想，作夢也沒想到他是這麼體貼的人。

外婆與外公離婚一年後，與櫻井正人再婚。外公知道這件事，卻一直選擇瞞著女兒們。外婆上個月過世一事，意味著直到上個月她還活著。

「千萬別告訴你媽媽。」外公掛斷電話後，這麼叮囑我。「也不能告訴你阿姨她們，聽到沒？」

即便我詢問理由，他也只是一再強調：「反正已經沒有任何關係。」

「夫婦離婚後，或許彼此的關係告一段落，但對母親她們來說並非如此，難不成連外婆過世一事也打算一直隱瞞下去？」

就算我這麼逼問，外公也不回應。

幾天後又接到電話，希望我們去拿一件外婆的遺物，對方還用「你們那邊」這字眼。「因為這件東西也和你們那邊的子女有關。」

打電話來的人稱外婆是「家母」，應該是外婆再婚後生下的孩子，也就是母親她們的異父兄弟吧！這麼重要的事情一直瞞著母親她們好嗎？結果我的心裡始終掛著這個懸念。

外公說他自己跑一趟就行了，但如此酷暑時期，怎能讓高齡長者獨自遠行，因此我半強迫地要求同行。

「你很在意嗎？」通過驗票口的外公，稍微往後仰地問我。

「嗯。」

我循著外公說的方向望去，瞧見把帽簷壓低的田邊勝一，也許他沒有刻意隱身的意思，畢竟那頂黃帽子真的很顯眼。

我和外公搭電車時，坐在隔壁車廂的他就一直盯著我們，搞不好是因為北野丸女士的事而始終懷恨在心。總之，一定要想辦法避免被他用利刃刺傷或是持鐵條毆打的情形發生。

「怎麼辦？報警嗎？」

「不管他，那傢伙只是想排遣寂寞罷了。」

「他該不會一路尾隨吧？希望他排遣寂寞的方式不要太激烈。」

從伊丹車站有一座直通大型購物中心的天橋，迎面走來推著繫有氣球的娃娃車、愉快談笑的兩位婦女。

真想把我這般沉重心情和她們的一派輕鬆交換。不行，怎麼能這麼想！我默默地反省。自己的情感就是自己的東西，無論再怎麼沉重也不能推卸給別人。

站在天橋上往下看，下方是河川，沿岸的綠樹倒映在水面。明明往來行人不少，卻非常靜謐。

由於天候炎熱，我們決定搭計程車過去。即便是自己願意同行，卻還是覺得要是因為愉快的事而來就好了。我看向後照鏡確認後方，發現有一輛跟我們搭的計程車同色調的車子行駛在兩輛車的後方。一想到搞不好田邊就坐在那輛車上，告訴司機：「**跟著前面那輛車！**」我就覺得好笑。

其實距離短到根本不用坐計程車，約莫五分鐘後便抵達櫻井家，那是棟比我想像還要來得漂亮又新的宅邸。

不過，明明房子很新，屋外四周卻很髒汙，地上有隨手丟棄的菸頭、沒喝完的汽水保特瓶，從瓶口流出來的液體在地上形成一窪髒水，果蠅飛來飛去，還有類似狗大便的東西，地上留著被自行車輾壓過的殘便痕跡。

迎接我們的是一位看起來人很好的圓臉男，穿著細橫紋ＰＯＬＯ衫，「勞煩你們大老遠跑來。」向我們行禮致意。看他的頭頂毛髮稀疏，應該五十歲上下吧。

「好久不見。」櫻井幸四郎向外公行禮問候。

「你們之前見過？」

幸四郎瞅了一眼沉默的外公，輕咳一聲後，說了句：「請！」拿出客用拖鞋。

我們進屋後直接前往和室，房間裡設有佛壇，一旁的桌上擺飾著許多照片，不單只有遺照，還有幾張家族照片。我的目光停留在最右邊的照片，拍攝地應該是沖繩，脖子上戴著花圈的老夫婦對著鏡頭，舉起雙手比YA。

常聽母親說，外婆是個溫婉文靜的人，實在很難想像她會對著鏡頭比YA，致使我的腦子一片混亂。不過，「溫婉文靜的人怎麼可能對著鏡頭比YA」的想法，應該是我的偏見吧！

幸四郎端來應該是用來盛素麵沾醬，卻裝著麥茶的玻璃杯放在我們面前。

「你一個人住這裡嗎？」

「是的，我還沒結婚。為了改成那個是叫無障礙空間嗎？這棟房子於十年前重新裝修。由於原本的房子很舊了，重建起來很快。」

幸四郎說他在東京念大學，工作關係而調派至各處，幾年前幸四郎的母親，也就是我的外婆需要照護，才回來老家。而櫻井正人於十年前罹患失智症，現在住在養護中心。

我給外婆上香，外公撇著嘴，眺望著前方，始終沒看向佛壇這頭。和室的架子上除了照片之外，還有各種擺飾，像是夏威夷圖騰的手毯、罩著十字繡布套的坐墊，應該全都是出自桐乃女士的巧手。

桐乃女士，只能這麼稱呼她，這位在世時我從未見過的外婆。

「我在小時候被他們收為養子，是這個家裡的第四個男孩。」

櫻井夫婦膝下無子，從親戚家「過繼」孩子來繼承家業。從他的口氣聽來，似乎這種事還頗常見。

這麼說來，他就不算是母親的異父兄弟，也就和我沒有血緣關係囉！我深

嘆一口氣時，幸四郎看向我。

「他們真的很疼愛我這個養子，對我來說，能來到這個家真的很幸福。尤其家母，桐乃女士把我當自己的孩子一樣疼愛。」

他先說了「家母」，又趕緊改口「桐乃女士」，應該是想力持客觀的姿態來說話吧！也或許接下來要說的事，就是必須努力秉持這般態度。

「遺物是啥？」外公突然插嘴。

「小山田先生，」幸四郎的口氣十分冷靜。「對您來說，也許桐乃女士是個『可惡的女人』，但對我來說，她是我很珍惜的人。桐乃女士年輕時與正人先生相戀，正人先生卻娶了上司的女兒，桐乃女士則是和您結婚，生下三個女兒。可惜你們的婚姻生活沒有愛，是吧？」

我察覺自己擱在膝上的手抖個不停。

為什麼要被迫聽這種事？為什麼要對外公說這些話？

「抱歉，這些都是聽家母說的。她說你們努力維持婚姻關係，卻始終孕育不出愛情……後來正人先生與桐乃女士偶然重逢，那時她好像剛做完墮胎手術的樣子。懷上你的第四個孩子之後，她決定偷偷打掉。」

「為什麼……？」明明不想聽，卻還是反問，我對自己的行為也很傻眼。

「她說若是懷的又是女嬰的話，不曉得會被小山田先生說些什麼。」

幸四郎垂眼停頓了半晌。

「事到如今，並沒有責怪小山田先生的意思。」他像是要強調什麼似的堅毅地說：「正人先生不久之後便離婚，離開了森山食品，遷居這裡，後來與桐乃女士再婚。儘管小山田先生來過好幾次，拜託桐乃女士能見見女兒們，她卻始終不肯同意，沒錯吧？」

幸四郎深深行禮致歉。

「對不起！您一定想說為何事到如今才說出這種事。不過，我希望您能明白，桐乃女士在你們眼中或許是個『可惡的女人』，但站在她的立場來看，卻是截然不同的故事。」

幸四郎希望至少讓母親她們明白這件事，他深嘆口氣，拿起擱在一旁的紙箱。

我一窺箱子裡塞著滿滿的信件，把這些信件攤放在桌子上，發現收信人都是櫻井桐乃，寄件人是小山田義景。我不由得看向外公，視線卻沒對上，因為他斜睨著佛壇那邊。

幸四郎逐一從信封裡抽出便箋和照片。第一張照片是穿著長袖和服，年輕時的誠子阿姨，應該是成人禮的照片。還有母親和父親的婚禮照片，穿著粉紅連身嬰兒服的嬰兒照片，這應該是七海，也有我升上小學時的就學典禮照片。

「外公，這些是……」

「桐乃女士過世後，我整理她的房間時，在壁櫥最裡面找到的。」

「竟然……」外公喃喃自語，他那擱在膝上的雙手不停顫抖。「既然好好的收存著，為什麼……」

幸四郎又低頭致歉。

「我想應該是為了我，畢竟我們沒有血緣關係。家母考量我的立場，顧慮我的心情，才不和女兒們見面……」

「我哪知道你們的事情啊！」

「也是啦！」幸四郎嘆著氣說道：「我不會說什麼希望您能諒解的話，對不起！可是小山田先生，家母，桐乃女士臨死前曾說，她之所以沒有帶走女兒們，是為了那個人。那個人沒有父母也沒有手足，她不能奪走他的家人。她這麼做都是為了您，可以請您無論如何都要把這些話轉達給女兒們嗎？即使分離，桐乃女士的內心深處還是深愛著她們。」

「那個，我明白你說的。」我雙手撐在桌上，站了起來。

幸四郎一臉疑惑地頻頻眨眼。

「你說是截然不同的故事，是吧？我也是這麼認為。之所以棄我母親她們不顧，是為了我外公。對桐乃女士來說，也許這是事實，我也明白畢竟這麼想才能相信自己是個好人。你也希望這麼看待桐乃女士，希望相信自己的母親不是那種輕易拋棄親生孩子的人，對吧？可是啊，我母親和阿姨們又該抱著怎麼樣的心情聽這故事呢？因為桐乃女士的故事聽起來，就像是主張，『我並沒有錯！』怎，怎麼說呢？我覺得這樣實在太狡猾了。」

我伸出不停顫抖的雙手，決定暫時收下這箱子。

幸四郎把信件悉數放回箱內，然後遞給我。

「也是，您孫子說得也沒錯……可是……」

「我會把在這裡聽到的事情轉告家母和阿姨，至於要如何解釋……不好意思，我也不曉得。外公，我們回去吧！」

我緊跟在外公身後走向玄關，身後傳來語帶哽咽的一聲：「對不起！」雙腳偏偏在這時套不進鞋子，只好後腳跟踩著鞋子就這樣打開大門。

感覺自己快喘不過氣的同時，更覺得外頭逼人的暑氣是如此美妙。

「桐矢，那東西給我。」外公的身體不停地顫抖。

「為什麼？」

「還問為什麼？今天的事不能告訴她們，聽到沒？」

「蛤？為什麼不能說？」

「快給我！」

外公到底在想什麼呀？我粗暴地揮掉他搭在我肩上的手，外公頓時失去平衡，跌坐在地。

「啊！」

只見外公的雙手瞬間染紅，好像是因為地面四散著碎玻璃。從口袋掉出來的藥盒，滾落在一旁的水溝蓋上。我焦急地撿起藥盒時，也重心不穩地摔倒，更恰巧摔在那灘果蠅飛舞的髒水上，霎時汙水四濺。

「你沒事吧？外公！」

外公手掌上流出的鮮血滴落在柏油路面上。我一回神，發現面前站了個男人，就是田邊勝一，他緊握著帽子，戰戰兢兢地交互看著我和外公。

「必須趕快去醫院才行！」

我一邊用手帕包裹外公的手，一邊不得已拜託田邊幫忙。當田邊要外公搭著他的肩時，外公卻不領情地說：「我自己走。」

「發生什麼事了？」

「吵架嗎？」

周遭住戶也紛紛跑出來，眾人的七嘴八舌。

都怪我不好，讓外公受傷，外公……。我忍不住流下淚。

「男人不可以為這一點事就哭！」外公不太高興地說。

直到外公的傷勢診療完畢前，我們只能在門診室外的候診區苦等。

我們，是指我和田邊勝一，當我慌張地找醫院時，是他幫忙找到附近的診所。

看診時間即將結束，其他患者也陸續結帳離開，坐在長椅上的田邊勝一顯得有點不知所措，始終沒看向我。

「你是來報仇嗎？」

我一直在思考要如何化解這般尷尬氣氛，結果就是提出這麼直白的問題。

「復仇？」

「你不是一直跟蹤我們嗎？」

「不，其實是……」田邊惶然地低著頭，吶吶地說：「其實是為了前陣子的事，想向你們道歉。」

就算突然這麼說，我也無法相信。

「我是說真的！」他似乎無法忍受我狐疑的視線，懊惱地跺腳，垂著雙眉。

「你是想為那時推了我一把，迅速逃走的事道歉嗎？嗯，還真的是嚇了一大跳呢！」

一時氣憤的我忍不住譏諷他，但瞧他拿著帽子一直站著，明明是個歐吉桑，卻像是被叫到辦公室的國中生模樣，實在於心不忍。

再也無法忍受櫃臺人員的疑惑眼神。

「坐一下吧？」我指著旁邊的位子，問道。

候診區除了我們之外，只有一對母子，約莫四歲大的小孩和年輕媽媽，孩子的額頭上貼著退熱貼布。

「要不要喝什麼？」

他沒回應，我逕自走到自動販賣機買了兩罐茶，遞了一瓶給他。

「先跟你道謝，謝謝你幫忙找到醫院。」

冰綠茶比想像中來得苦澀，麻痺的舌頭一時無法適應。

「如果想道歉的話，直接向前說一聲就行啦！老實說，我覺得被人家跟蹤，實在有點恐怖。」

縱使心裡很不滿，還是告訴自己要冷靜。

「我真的很笨拙。」田邊先生低著頭，撫弄襯衫下襬。

有些人就是喜歡說自己笨拙，或許是因為舊時代覺得這是一種美德吧！其實笨拙與老實根本是兩碼子事。

「之後沒再接近北野丸女士了吧？」

「是的。」

「像那樣子死纏著別人是不行的。」

「我知道。」

真的假的？我一臉詫異地瞅著他那輪廓不夠立體的側臉。

只見他突然「啊啊——」地大聲嘆氣，頭低到不能再低。

「人家只要稍微對我溫柔一些，我就容易得意忘形……不自覺死纏著她……結果就是被年輕小伙子教訓一頓……」只見他懊惱地抱著頭，身子左右搖晃。「實在是太丟人現眼了。」

「是啊！」

雖然很丟人現眼，但能面對自己的不堪，就表示這個人已經沒事了。

外公在護士的陪同下，步出診間，卻又馬上走進另一間房間。因為醫師說為求慎重起見，還是做一下電腦斷層檢查比較好。

「你的衣服髒了。」

田邊先生指著我的襯衫一角，應該是抱起外公時沾到的，膝蓋、胸口也有血漬。這般髒汙要是在平常，早就在乎得不得了，現在卻有種什麼都無所謂的感覺。

坐在離我們不遠處的年輕媽媽，正在餵孩子喝果汁，悄聲唸著放在候診區的繪本給孩子聽：「御飯糰啊！滾啊滾！」出現在童話故事裡的好爺爺與壞爺爺，兩者的人設絕對不會更動，更不會設定成兼具溫柔與殘酷這般複雜個性。

「你一直在櫻井先生家的外頭等著嗎？」

「嗯，是啊！」

田邊先生搔著臉頰，他並未反問那是誰的家，你們來這裡做什麼之類的問題。

「我外公不是『好外公』。」

我幹麼對他說這些？自己也不明白，眼角餘光捕捉到田邊先生頷首。

「他做的每件事並非都是正確的，今天就是一例，至少我明白這一點。」

「是喔！」

「我也不喜歡外公，只是……該怎麼說呢？剛才我聽到的那個童話故事，總覺得……總覺得……」

手傷加上輕微脫水的外公躺在病床上，點滴打完後就可以返家。

「暫時還是要安靜休息，別太逞強喔！」

護士一再提醒，我頻頻點頭。

外公看起來像在睡覺，我一落坐他旁邊，他便緩緩睜眼，直盯著天花板，纏著繃帶的手看起來很痛。

「我媽她們說，是因為外公和別的女人『過從甚密』才離婚的，看來根本就是一場誤會。」

「無所謂啦！」

外公的聲音有點沙啞，感覺今天的他老了好幾歲。

「為什麼要瞞著我媽她們呢？」

「因為女人很脆弱。」

女人很脆弱，所以男人必須保護女人。這是外公常掛在嘴邊的話，難不成這是理由嗎？他的意思是隱瞞事實真相也是一種「保護」？

「所以打算一直瞞下去？」

「當然！我希望你也這麼做。」外公說完，緩緩閉上眼。「你也是男人，明白嗎？桐矢。」

「我不懂，這跟我是男人有什麼關係？」

「男人必須保護女人。我死了之後，能守護她們的男人只有你。」

「什麼跟什麼啊？這種事根本和性別無關啊！誠子阿姨、美海子阿姨，還有我媽她們都是成年人了。她們有權利知道真相，也有權利受傷。」

「什麼有權利受傷，說啥莫名其妙的話！」

我默默地盯著從點滴袋緩緩落下的透明水滴，由於僅隔著簾子，護士的一舉一動能聽得清清楚楚。

不曉得她們聽了外婆的說詞之後會有什麼反應，但我知道要是繼續保持沉默的話，就是幫忙外公隱瞞真相。

「……我會說出來，我會把今天的事告訴我媽她們。」

「不行！」

「為什麼？」

「不行就是不行！」

「為什麼不行？」

我們就這樣僵持不休了好一會兒，外公總算放棄似地深嘆一口氣。

「好啦好啦！不是我說的那樣啦！」

我……。他欲言又止，緩緩吐出一口沉重的氣之後，才說出幾十年來隱藏在心裡的話——

「當我知道你外婆和櫻井的事時，覺得自己好丟臉，居然贏不過那個娘娘腔……拜託，拜託你，千萬不能把這麼難堪的事告訴你阿姨她們！」

當我俯視以微弱聲音、不停哀求我別說的外公時，內心湧現一股熱熱的東西。

「不行。」

外公聽到我的喃喃自語，肩膀激烈顫抖。

「我這麼求你都不行嗎？」

「以保護為名義，剝奪別人知的權利的人最差勁，就算為人父母也會有做錯事的時候。外公動不動就說男人要怎樣怎樣，有男子氣概又怎樣，只是讓自己作繭自縛罷了。根本愚蠢到不行！」

說完，我頭也不回地步出病房，外公肯定不想讓我看到他落淚的模樣。

★　★　★

用「傾注」這詞來形容再適合不過了。

聲音、光線像是能量的東西，傾注於聚集在廣場人們的頭上，我當然也有份。

——一九七〇年的日本有如煮沸的白開水。

歷經漫長歲月之後，才想到好像有人說過這句話。

電視連日不斷報導大阪萬博的新聞，早在開幕之前，女兒們就不停吵著要我帶她們去。

每棟建築物都有一條像蛇一般蠕動的長長隊伍。女兒們堅持要去看三洋館的「自動洗澡機」，當看到排隊的人潮，實在懷疑能看到什麼；就算我讓她們輪流坐上我的肩頭，八成也會因為誰先誰後而爭吵不休吧！

我們去了好幾次，還是沒看到月之石，只看到一堆人頭，實在是一肚子氣。即便我們每天去，也不見得能看到。

我也不知道該怎麼形容，總之，這世上就是有人能如願看到想看的東西，有人就是沒這福份。

「可以了吧？該回家了。」

只見趴在桐乃背上的俊子開始哭鬧，像在呼應一臉厭煩、不由得嘆氣的母親。明明都已經四歲了，卻還是很黏媽媽。俊子戴的那頂白帽，是妻子親手編織的，一直用力搖頭的她，快把帽子晃到地上了。

「不要！我不要回去！」

站在妻子兩側的誠子和美海子大叫著，不停地用力跺腳。

「又不是嬰兒，自己走。」

我說著，硬是拉下賴在妻子背上的傻子，幫她戴好帽子。

「至少看到噴水池才要回家啦！」

誠子和美海子捉著母親的手，搖來晃去，不斷地喧鬧。

「看過了就要回去喔！聽到沒？」

再次叮囑的我，拿著導覽手冊邁開步伐。

我一邊在心裡埋怨幹麼生了三個女兒，一邊牽著哭哭啼啼的傻子繼續往前走。一路上都得在人潮中鑽來鑽去，回頭瞧見妻子依舊滿臉厭煩地聽著女兒們嘰嘰喳喳的聒噪聲。

要是生個男的就好了，可惜天不從人願。要是男孩子的話，就能教他好多好多，像是爬樹、怎麼使用小刀、劍玉的玩法……我不曉得要教女孩子什麼？她們是那麼軟綿綿、那麼吵鬧，實在不懂該怎麼對待她們。

望見前方有座不可思議的噴水池，從巨大的四方形物體流出一道道強勁水流，像是細細的柱子支撐著這龐然大物。

女兒們似乎覺得那個物體是靠著噴射水力得以浮在半空，莫不目瞪口呆。

「好厲害喔！好厲害喔！」

一臉驚愕的誠子與美海子的側臉，實在天真得好可愛，讓我不由得笑了。

此時，驀然感到自己的一隻手變輕了，只見俊子甩開我的手，奮力往前跑。我「喂！」地大喊，俊子卻沒回頭，恰巧一群遊客從我們面前走過，俊子的身影就這樣消失在我的視野中。

「喂！」我推開人潮，拚命往前衝，呼喚俊子的聲音旋即被周遭的喧鬧掩沒。

我不曉得什麼是家庭，也一直沒返鄉。對我來說，所謂的家人就只有妻子和三個孩子。即便明白要好好愛護家人，卻不懂得該怎麼做，更不知道什麼才是正確方法？

我從未感受過大人的疼愛，就這樣在不知疼愛為何的情況下長大成人。不只一次思索著「為何都是生女兒」，卻從來沒想過「不要她們」。

「讓開！」

一群年輕人並肩走在我面前，我撞到其中一個人的肩膀，顧不得身後傳來的慘叫與怒吼，拚命往前衝，不一會兒，視線前方終於出現一頂白帽。

只見俊子朝著長椅奔去，那是一張像是用黏土隨意捏塑，造型奇特的椅子。遙遠未來的人們都是坐這種椅子嗎？啊！現在不是在想這種事的時候。我打從心底認為，不管是人類文明的進步還是協調，這些都不重要了，只要能夠順利抓住俊子就行了，不敢奢望其他。

拚命追上去的我，一把攫住俊子的肩膀。

「不可以隨便亂跑！」我忍不住大聲斥罵。

「對不起、對不起……」

我抱起哭到臉都皺成一團的女兒，肩頭被俊子的淚水與鼻涕沾濕，卻一點也不覺得髒。女兒們出生讓我初次明白，什麼是一點也不覺得髒的髒汙。

「傻瓜！」我拍著俊子的背。

幸好沒走丟，真是太好了。

誠子與美海子喚著妹妹的名字，奔跑過來，妻子則是站在不遠處看著我們。

一股熱熱的，不曉得是什麼的東西從腹部深處竄至喉嚨，我拚命咬牙。

我的女兒，我最珍愛的女兒們。

俊子的一雙小手，摸著我濡溼的臉頰。

「爸爸，你在哭嗎？」

「為什麼哭呢？」

「受傷了嗎？很痛嗎？」

爸爸、爸爸、爸爸……。女兒們的聲音有如合唱似地包覆著我。

「沒什麼啦！」

我居然以顫抖的聲音回應，真丟臉！

☆　☆　☆

「你知道嗎？這個會噴水喔！」葉月的纖手指著池子。

池子中央有座由細細的柱子支撐的正方形物體，看起來像是從水裡長出來的奇怪植物。物體表面開了幾個圓圓的孔洞，水應該就是從那裡噴出來的。

「嗯嗯，聽我阿姨說，從哪裡噴出往下流的水柱，讓整座物體看起來像是浮在半空中。」

我當然不是第一次來萬博紀念公園，上托兒所時來過一次、小學也來這裡遠足，知道除了太陽之塔之外，還保留了幾座當時的展示館之類的設施。而這座像是奇怪水生植物的四方形物體，應該也是其中之一吧！

「我一直覺得像是『未來之家』之類的設施。」

「那個四方形東西像家？」

「是啊！裡面有房間。」

「那要怎麼上到那裡呢？」

「這個嘛……就是以前的人想像出來的未來道具。」

「什麼樣的道具啊？」

「好比漂浮在半空中的滑板？」

哈哈哈！葉月一笑，小弦也跟著笑。

三人總算來野餐，是我主動邀約，葉月也同意，卻因為小弦身體不適而取消了兩次，今天總算依約成行。從八月邀約到現在已經十月了。

「哪裡可以撿到橡實？」小弦扯了一下我的袖子。

他來這裡的目的是撿橡實。

「應該是在對面那片樹林，我們去看看吧！」

「這孩子說要撿橡實送你外公呢！」

「是嗎？那就撿個有蟲子的橡實給他，如何？」

「不要吧！」葉月輕拍一下我的手臂。「我絕對不要帶那種東西回家。」

「我開玩笑的，對不起。」

想想，我也討厭撿到那種橡實。

「你外公還能教他玩劍玉嗎？」

「嗯——，我也不曉得吔！」

外公幾乎是躺著度過夏季的尾聲，雖然本人一再強調：「天氣熱，所以懶得動，一旦比較涼爽，就有精神了。」但最近他時常白天就像老貓一樣，坐在窗邊發呆，食量也變小，大概只有以前的一半。

我原本以為年老這件事是循序漸進，其實不然，很可能會因為某個原因而一口氣迅速老化。

今天誠子阿姨來陪外公，我可以安心外出。在前往車站之前，小弦說想來看外公，因此在家裡待了一會兒。

躺在客廳座椅上的外公看到小弦時，稍微抬高下巴。

「我們要去萬博喔！」小弦開心地分享。

「是喔，不可以再迷路唷！」外公趕緊叮囑道。

不明白為什麼說「再」這字眼，反正他們能溝通就是了。

看來外公儘管身體孱弱，腦子倒是還很清楚。

「我今天不在，他應該覺得比較輕鬆吧？」

外公陡然急遽老化，其原因就是我。不過，就算時光倒回我們去櫻井家那一天，我還是會做同樣的事。

表面上還是一如往常地相處，實際上從那天以來，我們之間便有了距離。本來就不是很親密，一旦接近又拉開距離，結果就是離得更遠。

「對小山田先生來說，幾十年來抱著一個不能說的秘密，壓力肯定不小吧！不過，我覺得桐矢那麼做並沒錯。」

我把事情的來龍去脈全都告訴葉月，她再次強調：「那麼做並沒錯。」

「是嗎？」

就算錯了，也是我的行為導致的結果，只能接受了。

我瞄了一眼手錶，剛過中午十二點。

「先吃便當，再撿橡實吧！」

我們又回到看得到太陽之塔的地方，把塑膠布鋪在草地上。

「利用剩菜做的便當，不好意思！」我邊想說詞，邊打開便當。

由於外公常吃咖哩，結果連便當也用上了咖哩。

昨天吃的是加了大豆的肉醬咖哩，因此今天的便當是先將肉醬咖哩熬煮過，瀝乾水分，再加上起司和水煮蛋做成三明治。為了要討孩子的歡心，我用印著消防車圖案的鋁箔紙包裝。

想起前一天打開咖哩塊的包裝盒時，隨手翻看盒子的背面，瞥見上頭寫著：〔明明一點男子氣概也沒有卻〕。

明明一點男子氣概也沒有。想說可能是在批評我吧？本來想拿這件事質問外公，一方面也是好奇「卻」字後面似乎有後續，所以猶豫著是否該探問？

「你還特別準備吃的，我們才不好意思呢！」葉月聳了聳肩，吃了一口三明治，讚美道：「好吃！」

「小弦也要多吃點喔！」

其實不必我催促，他早就已經拿起第二塊三明治。

「想想真是太好了，不是嗎？桐矢的母親和阿姨們知道真相後，心裡的疙瘩應該消失了吧！」

「這我就不曉得了。」

三姊妹討論了好幾次，「我不想和櫻井先生有所往來」、「我不想去祭拜她的墓」似乎做出這般結論。畢竟幾十年來毫無瓜葛，事到如今也沒必要牽扯。

「我想，你母親她們一定在心裡很感謝你外公，原來父親一直守護著她們。」

「這個嘛……」

我只能含糊回應，因為她們應該沒有這麼想。

當聽完我說的一番話之後，母親和誠子阿姨她們只是一臉困惑，面面相覷，美海子阿姨還忍不住痛罵道：「耍什麼酷啊！」、「我就是最討厭你這樣！」任誰也阻止不了緊摑著外公的胸口、放聲慟哭的美海子阿姨。

外公也任由她用力搖晃自己的身軀，後來誠子阿姨與母親好不容易才把美海子阿姨拉走，最後她趴在地上啜泣不已。

「母親應該是依著自己的意思，選擇新人生吧！」前陣子母親來訪時這麼說。「我想誠子姊和美海子姊應該也想過這樣的可能性，至少我是這麼想的。不過，我還是無法認同，與其接受這樣的事實，不如讓你外公自己當壞人，我們的心情還比較好過。」母親垂著眼，啜了一口我泡的茶。「我們這些女兒很壞心啊！」

「熱熱的茶好好喝，已經十月了啊！」

想說天氣會轉涼，沒想到連日高溫，隨即又變冷，要是持續這樣下去的話，就會覺得自己一直處在同樣的季節當中，但時光確實流逝著。

「畢竟，認真想著自己是不是真的被愛，只會讓人心煩啊！」

我明白母親這番話的意思，或許應該說，我希望我能夠理解。人相信自己想相信的東西，不想承認失敗，不想承認自己的選擇是錯的。

「頭髮變長了。」

母親脫口而出的這句話不是對我說，而是指坐在窗邊、愣愣望向外頭的外公。

「爸，我幫你剪吧！」

這麼說的母親從包包拿出圍巾和剪髮剪刀，也許她本來就打算做這件事。

我從廚房拿來一張圓椅，讓圍上圍巾的外公落坐，母親則站在他身後。

「別亂動喔！」

母親說完，便開始揮動起剪刀。沙嘰沙嘰！聽起來頗有節奏感的聲音，震動著鼓膜。

外公依舊發楞地望著窗外，又白又短的頭髮不停落在地板的報紙上，在不時從窗外流洩進來的陽光照射下，發光的白髮宛如飛舞的雪花。

我小時候也像這樣讓母親修剪頭髮，「桐矢，頭不要亂動，會剪到耳朵！」雖然總是被斥責就是了。

就在我帶著懷念之情眺望時，一直沉默的外公忽然開口。

「對喔！妳在美容院工作。」

「我現在自己開店。」母親瞬間停手，回道。

外公似乎有點詫異，緩緩地眨了眨眼，站在他身後的母親並沒有看到。

「是喔！真是厲害啊！」

真是厲害啊！外公又說了一次，隨即靜靜地閉上眼。

母親的手在抖，是那種不仔細盯視，不會察覺的輕微顫抖。髮剪不再動，沉默支配著這處空間，無數沒化成聲音的話語，不斷飄落在兩人之間。

並未多說什麼的母親又開始剪髮，手勢是如此靈巧、俐落又仔細。

我專注地看著，想要記住這一幕，無論是他們的身影，還是從窗戶流洩進來的陽光，或是風。我想記住這一切，希望哪一天能再想起。

「哇——，好好吃喔！」

葉月的聲音把我拉回現實。

吃完便當的小弦已站在不遠處吹泡泡，葉月則是伸展雙腳，望著兒子。有一家人從我們身旁走過，或許在他們眼中，我們三人看起來也是一家人吧！

「桐矢認真又溫柔，真的是優秀的好男人呢！」葉月不停地稱讚道：「廚藝又好，和桐矢交往的人一定很幸福。」

搞不懂她到底想表達什麼？

「這樣的桐矢要是能遇到適合的好女孩就太棒了。」

啊啊——，果然是在說這種事。

「這個人不就是葉月小姐嗎？」不抱期待的我，決定豁出去確認。

「嗯，不是。」

「呃，這樣我會很傷腦筋吔！因為我喜歡葉月小姐。」我緊張地盯著前方。

「嗯，其實我也很傷腦筋。」

我用餘光偷瞄她，發現葉月並未看向我，嘴角微微上揚。

「就算和我交往，桐矢也不可能成為我心中最重要的人，也不是第二、第三。畢竟我人生的最優先選項是小弦，再來是自己，還有很多其他重要的事。如果我們交往了，你大概也只能排第十名吔！」

「第十，嗎？」

「嗯，很不爽吧？換作是我也會很不爽。」

不管是要求葉月：「不行，我要當你的最愛！」這麼做的強勢態度，還是表面上假裝明白，暗地裡卻一步步爭取第一地位的算計心態，都是我所欠缺的。

「也是啦！」

我只能做出如此愚蠢的回應，然後看向小弦，那個對葉月來說，最重要的存在。儘管很懊惱自己無法成為她心目中的第一，卻對於她毫不猶豫地說出「小弦是最重要的」，自己莫名感動。

「我覺得你外婆應該真的很愛女兒們。她的再婚對象，是叫櫻井？那個人真是她就算放棄一切也要在一起的男人嗎？她之所以決定不再見女兒們，或許有她的理由。」

葉月和幸四郎說了同樣的話。

「覺得想要魚與熊掌兼得的自己太貪心了，所以決定放棄吧？」

「是這樣嗎？」

我明白葉月的意思，只不過就算外婆再怎麼表明「自己真的很愛女兒們」，母親她們也可以選擇不接受這樣的說詞。她們有權利否定外婆說的故事，也有權利抱著一路走來的寂寞與悲傷，繼續活下去。

縱使寂寞、悲傷與痛苦在許多情形之下，都是不受歡迎的東西，我覺得對於人生來說，也不是完全不需要。至少這不是基於保護、關懷之意，就能搶先從別人身上奪走的東西。訴說過往的行為，總是伴隨著某種粗暴。

葉月沒自信能夠好好說明，只能選擇沉默以對。

泡泡有時飛得低低的，在草地上破掉；有時纏著七彩虹光，高高飛舞，融於空中。多麼美麗啊！一摸就會崩壞的東西，只能遠觀。

我突然想稍微獨自靜一靜。

「我可以到那邊一下嗎？想說先去看看哪裡有落下的橡實。」

我走過草地，循著步道前行，回首一望，已經看不見葉月他們的身影。

去萬博紀念公園的隔天早上，我一到公司便在走廊上被矢口叫住。

「你聽說了嗎？館長好像不做了。」

正確來說，美其名是調派到集團底下的其他公司，其實是被貶職。

「蛤？為什麼？」

「就前陣子啊，有學員投訴。」

有個學員投訴「被館長性騷擾」，不是肢體碰觸，而是用詞不當。

前陣子我一直掛心外公的事，並不曉得這起騷動。

這位學員恰巧是某高層的親戚，就動用了權力迫使館長被調任，甚至貶職。

我對於公司高層認定這件事是「重大事件」，而不是單純的「性騷擾事件」，其實有點驚訝。

一走進辦公室，便瞧見館長拉開抽屜，正在整理東西。其實他人並不壞啊！這麼想的我，只能默默地看著他收拾東西。

「佐野。」館長停下手邊的動作，喚了我一聲。

「是。」

「你聽說了吧！」

「……是。」

館長拿起筆記本，翻了一下後扔進垃圾桶，然後凝視著擺在桌上的相框，接著將相框塞進包包。

「我真的不明白啊！」

真的不明白啊！他又說了一次後，重整心緒似地嘆氣。

「明明是稱讚的話，怎麼一下子就變成不能說的話呢？不知不覺間不行這樣說，不行那樣說，根本沒人告訴我這種事啊！是因為時代變了嗎？所以我必須因應時代適時改變囉？你說，我這個人真的有那麼糟嗎？」

「我啊……」館長欲言又止，無奈地笑了笑。「算了，反正跟你說也沒用。」

就在我心想要有所回應，電話在此時響起，有人打來詢問報名事宜。當我忙著接電話時，館長已打包好，靜靜地離開辦公室。

即便館長不在，工作還是順利進行。

回到家，發現難得三姊妹都不在。

今天誠子阿姨要留下來過夜，可能是去買東西吧！

坐在客廳按摩椅上的外公睜開眼，看著我。

「我回來了。」

我悄聲招呼完，一屁股坐在榻榻米上，心想得去洗手才行，身體卻動不了。

館長那句「反正跟你說也沒用」緊緊地殘留耳畔，揮之不去。

「工作怎麼了嗎？」外公看著我，探問道。

「……要是好好跟他說就好了。」

當我脫口而出這句沒頭沒腦的話時，頓覺胸口好悶。始終不曉得如何和館長相處，也一直無法理解、厭煩他的某些行為。

「可是我從沒希望他被調職。」

還有那時……那時，要是那時我能好好地說明，或許能改變什麼也說不定。

驀然傳來一陣香料味，我抬起頭瞧見眼前有個冒著熱氣的盤子。

我到底杵在這裡多久了？

「吃吧！」外公把盛著咖哩的盤子遞向我，還擺了一支湯匙。

我接過盤子，這是搬來這裡後，不知已經吃過幾次的〈和平金牌咖哩〉的香氣。吃了一口，發現口味比往常來得辣，應該是中辣吧！我終於能嘗試甜味以外的口味了。

直衝鼻腔的茴香香氣與融化口中的洋蔥甘甜，提醒了自己早已飢腸轆轆一事。

「吃啊！」外公催促著又舀了一口咖哩的我。

「就在吃了啊！」

「我們是橋哩！」

「蛤？」

「肚子餓時不要思考困難的事，要是橋沒了，大家會很傷腦筋。」

雖然完全聽不懂外公這番話的意思，隱忍許久的眼淚卻奪眶而出。

我才不是橋，只是個被一起工作的人說了「反正跟你說也沒用」這句話，非常無趣的人。

外公一臉不知如何是好，手足無措地俯視著我。

★★★

那時，一切變得好遙遠。

房間裡一片純白，不管是牆壁，還是天花板。

好幾個女人輪番窺看我，是誠子嗎？也許是俊子，搞不好是美海子，還是護士呢？我也搞不清楚誰是誰。她們不停地跟我對話，卻像是站在對岸說話，聽起來斷斷續續的。

感覺眼前的東西逐漸遠去，取而代之的是早已不存在的東西越來越近。我擱在被子上的手，又感受到那股柔軟觸感。

那傢伙出生那天，我第一次抱男嬰，想說體型應該比較結實，沒想到卻和女嬰一樣嬌小，哭聲也很微弱，實在讓人擔心是否能平安長大。

你這小傢伙應該能健康平安地長大吧！我在心裡對著懷中眼睛還沒睜開的小嬰兒，如此說道。

活著可是一件大工程呢！

所以你要堅強才行，知道嗎？小傢伙。

答應我，要堅強喔！

要堅強喔！桐矢。

終章　乾咖哩　和平金牌咖哩〔中辣〕

一反大家推測〈文化與創造股份有限公司〉的新任館長應該會由總公司派任，沒想到新谷先生成了新館長。雖然他起初以「不想加班」為由，婉拒高昇機會，結果還是答應擔起重責。自從他上任後，整體營運還算平順。

我傳送了一封附上企劃案的電子郵件給他後，隨即將手機塞進口袋。不一會兒，便收到新谷的回信：〔我會在你回來上班之前先看過。〕

從今天開始，我將放兩天特休。

「佐野，不一定要追求所謂的『工作價值』啦！」

這是新谷上任館長後不久的事。

當我們一起吃午餐的時候，這番話讓驚訝不已的我，一直瞅著壓克力隔板另一邊的新谷。

「欸？這樣好嗎？」

「確實有人就是喜歡追求工作價值，只是沒必要每個人都這樣吧！像是為了五斗米折腰、為了追星而賺錢，這些都是驅使自己努力工作的堂堂理由。什麼尋找比『賺錢』更重要的價值、每個人都應該具備專業意識的想法，這根本太蠢了。更別說要是資方要求勞方這麼想、這麼做的話，根本就是天大的笑話。」

新谷那天難得打開話匣子。

「佐野，我啊，最討厭什麼以前比較好、以前的男人比較有男子氣慨的說法。過往之人的故事聽起來總是很美，因為是很久以前的事囉！」

「我們活在當下，身在這裡。」新谷微笑地繼續說：「有些人不是老愛說什麼現在比以前好過多了，不然就是哀嘆一代不如一代。我們無法回到過去，也不可能坐時光機回去驗證，我們能去的只有比明天更遠的未來。」

是啊！我頷首回應，心想：新谷有點帥啊！真的只有一點點。

從那天之後，我一直思索外公說的「橋」這個詞。

教導別人的人，還有受教的人，他們就像一座座浮在海上的島，而我的工作就是幫他們架橋。莫非外公說的那句話就是這意思？

或許外公以前也是橋，身為「橋」一事肯定讓他引以為傲吧！只是現在的我，還無法這麼認為就是了。

我只想守護自己慎重構築出來的世界，不想冒險出航追尋不知在何處，也不曉得是否真的存在的寶物，也沒想說要治退鬼怪，更沒妄想要拯救世界、改變世界，當然也不打算轉生異世界。

我發現遙遠過往的自己才會這麼想：現在的我不想失敗，只想選擇正確的道路。問題在於，這世上沒有百分之百「正確的選擇」，也沒有能讓凡事都順利圓滿的選項。

北野丸女士曾對我提過「革命」一詞，能夠改變世界是多麼了不起的事，可惜我對這種事沒興趣。我僅想在這緩緩變化的世界中，設法生存下去，不逃避也不躁進，只想活在當下。

大家交互看著擺滿一整桌的咖哩調理包和我。

「桐矢，今天吃這個？」

「是的。」

「一般不是準備壽司之類的素菜嗎？」

「今天一定要吃這個才行。」

一定要吃這個才行。我反覆地說著。

今天是外公的四十九日法事。

從夏天就一直臥床的外公，即使天氣轉涼，精神也未見好轉。在醫院度過了個冬天，不待春天到來便去了另一個世界。

最後幾天他一直處於昏睡狀態，在沒什麼痛苦的情況下，靜靜地嚥下最後一口氣。由於是在深夜過世，我們都沒人陪伴在病床旁。

聽聞親人去世，親屬都會有不好的預感，像是鞋帶忽然斷掉，架子上的東西突然掉下來之類。然而，外公去世時並無發生這種事，也沒有任何奇幻、戲劇性的狀況，完全沒有。我們只是接到打來通知外公過世的電話，這個無法改變的事實。

喪禮在年輕住持的建議下，採取「線上誦經」，也就是在寺院舉行四十九日的法事，然後親屬聚集在外公家連線參與。

「還真是不得了的時代啊！」要是外公還在的話，八成會這麼說吧？明明在舉行法事，我卻在想這種事。

「放在這裡的湯匙可以用嗎？」

父親問，我用力點頭。

父親上次回來是在外公的喪禮當天，我們幾乎沒什麼機會講話，結束後父親又匆忙返回工作崗位。今天一見面，他就對我說：「桐矢啊，你好像變了個人。」

「是要說我變得很有擔當嗎？」

面對我的反問，父親沉思片刻，回道：「不，不是這回事。」隨即又盯著我看了十秒。「嗯，完全沒這回事，桐矢。」

居然說了兩次，害我當場傻住，站在一旁的母親和梓希捧腹大笑。

外公過世後，我還是住在這裡。這個家之後會變得如何，我也不知道，就交給她們三姊妹決定吧！反正今後我不太可能一個人住在此處，只是通勤十分方便，其實不太想搬離。

北野丸女士去年就沒再來上課了，現在好像都去她家附近的健身房運動，希望把自己的身體鍛鍊得更好。也許我們不會再見面了吧？只能遠遠祝福她，祝福她朝著目標，勇往前行。

我和田邊則是用電子郵件聯絡，他告訴我自己年輕時很喜歡玩相機，打算重拾這興趣。他只要提到攝影話題，就會端出很多專業用詞，而我通常都是收到他寄來的三封超長郵件後，才會找時間一次粗略看完，真是不好意思。

佩利最近很少傳貓咪貼圖給我，倘若他是以心電感應力判斷「現在的克利安不需要」的話，那就表示我現在的狀況還不錯吧！

「我還是覺得桐矢做的香料咖哩最好吃。」美久瑠穿著平日常穿、綴有黑蕾絲的連身裙，噘著嘴說：「那個真的好好吃喔！」

「可是今天一定要咖哩調理包才行。反正準備很多，挑自己喜歡的口味吧！」

「那我選超辣的。」穿著和服的七海，伸手拿起超辣口味的肉醬咖哩，看著盒子上的紅辣椒，大叫：「辣最好吃！」

最後七海並未和那個長得像肖像畫的田崎結婚。

「感情的事果然勉強不來，畢竟要相處幾十年嘛！」她說完，反問道：「難道我的選擇錯了嗎？」就算她這麼問我，做決定的人是七海自己，我既不否定也不肯定。

「飯已經煮好了，自己加熱吃吧！」

「蛤？自己弄？好麻煩喔！」

「哎呀，沒那麼麻煩啦！」母親安撫發牢騷的梓希。

廚房裡擺著一張折疊桌，桌上擺著醃漬菜、辣韭、沙拉之類的配菜，以及半熟蛋、起司絲等隨君挑選的配料。

誠子阿姨與美海子阿姨也各自挑了自己喜歡的口味，自行加熱、盛飯。我選的是經典款〈和平金牌咖哩〉，雖然用微波爐就行了，但我今天打算用鍋子煮沸加熱，因為外公也是這樣弄的。

「爸，我開動了。」

誠子阿姨對著外公的遺照，高舉手裡的盤子，我也跟進。

「看到那遺照，我就一肚子火！畢竟死者為大，不能再說他壞話了。」美海子阿姨說完，轉頭看著我。「你也是這麼想，對吧？」

「想說就說囉！要是死了才被當作聖人般看待，外公肯定很傻眼吧！」

大夥聽到我這句話，遂對著遺照，齊聲大喊——

「爸，你這個笨蛋！」

「超麻煩的臭老頭！」

「裝什麼酷啊！明明一點也不酷！」。

「為什麼不早一點……」

誠子阿姨低著頭，後面幾個字聽不清楚，也沒人問她說些什麼就是了。

「你們看，這裡有寫字吔！」

美久瑠說著，拿起手中那盒〈和平金牌咖哩・中辣〉，盒子背面有外公的手

寫字：﹁卻很強，可能嗎？令人火﹂

「這什麼啊？什麼意思？」美久瑠像是看到噁心的蟲子似地蹙眉。

﹁明明一點男子氣概也沒有，卻……﹂我想起曾經看過的潦草字跡，感覺「卻」之後好像還寫了什麼，但我忘了問。莫非這就是後續？

﹁明明一點男子氣概也沒有，卻很強。﹂可能嗎？﹁令人火（大？）﹂

「這搞不好是在說我吧？」

當我這麼喃喃自語時，七海噗哧一笑。

「要是用這幾句話代替一封冗長的信，我會覺得『外公真是個好人哩』。」

「不曉得他到底是在火大什麼。」美久瑠也一臉莫名其妙地聳肩。

就算寫出令人感動的信，我也不會說外公「還真是個好人」，因為並非全然的善，卻也不是壞人，應該說都有吧！要是哪天我要說外公的人生故事，大概會這麼形容他。

訴說過往的行為總是伴隨著某種粗暴，用感情、用話語擷取、連結、固定在這裡流逝的時間。用話語訴說的過往，有如用針固定的蝴蝶標本，不管怎麼弄，還是和活著的時候有些不一樣。

在外公的人生故事中，我占的篇幅恐怕不多吧！要說我們有一起做過什麼事的話，那就是第一次一起吃咖哩，配料是油炸茄子和秋葵；外公和北野丸女士重逢那天，我做的乾咖哩；我受傷那天，他做了高麗菜搭配鮪魚的咖哩給我吃；還有外公總算記得我也敢吃中辣口味的咖哩。

再也不可能和別人共度那樣的時光，這不是什麼好事、壞事的分別，也無關令人懷念、想回到那時的情感。

我很清楚知道，除了外公以外，自己無法和別人共度那樣的時光。

「桐矢，再一盤。」梓希說著，把空盤遞給我。

「剛剛不是說了嗎？自己弄。」

為了掩飾自己有點顫抖的聲音，我起身開窗。

「啊啊——好美味，好好吃喔！」

「我還能再吃一盤。」

我背對著她們，聽著她們的交談聲。

帶著些許涼意的風送來草香與濕潤的泥土味，混合著咖哩的香氣，在以往曾是海底的這地方，滿溢著喧鬧聲與乳白色光芒。

（全書完）

咖哩時間

作　　者　寺地春奈 Haruna Terachi
譯　　者　楊明綺 Mickey Yang

出版團隊
責任編輯　許世璇 Kylie Hsu
責任行銷　鄧雅云 Elsa Deng
封面設計　許晉維 Jin Wei Hsu
內文排版　Chang CC
校　　對　葉怡慧 Carol Yeh
發 行 人　林隆奮 Frank Lin
社　　長　蘇國林 Green Su
總 編 輯　葉怡慧 Carol Yeh
日文主編　許世璇 Kylie Hsu
行銷主任　朱韻淑 Vina Ju
業務處長　吳宗庭 Tim Wu
業務主任　蘇倍生 Benson Su
業務專員　鍾依娟 Irina Chung
業務秘書　陳曉琪 Angel Chen
　　　　　莊皓雯 Gia Chuang

發行公司　精誠資訊股份有限公司
　　　　　悅知文化
　　　　　105台北市松山區復興北路99號12樓
訂購專線　(02) 2719-8811
訂購傳真　(02) 2719-7980
專屬網址　http://www.delightpress.com.tw
悅知客服　cs@delightpress.com.tw
ISBN：978-626-7288-34-4
建議售價　新台幣380元
首版一刷　2023年05月

國家圖書館出版品預行編目資料

咖哩時間 / 寺地春奈著；楊明綺譯. -- 初版. -- 臺北市：精誠資訊，2023.05
面；　公分
譯自：カレーの時間
ISBN 978-626-7288-34-4（平裝）
861.57　　112006207

建議分類｜文學小說・翻譯文學